Double jeu

Emma Lewinson

Double jeu

@chroniques

•MARABOUT•

SEPTEMBRE

5 septembre 9 h
De : Candice@pharmamax.com
À : Emma@artproject.com
Objet : Hommage du matin

Coucou t'es là ?

-- 🖨 🗑

5 septembre 9 h 50
De : Candice@pharmamax.com
À : Emma@artproject.com
Objet : Ben alors ?

Salut ma douce. Pourquoi tu ne réponds pas ? T'es où ?

-- 🖨 🗑

5 septembre 15 h 25
De : Candice@pharmamax.com
À : Emma@artproject.com
Objet : Même pas drôle

Sors de là, je sais que tu es là. Les plaisanteries les plus courtes sont toujours les moins longues.

Candice (pas dupe)

---

6 septembre 17 h 30
De : Candice@pharmamax.com
À : Emma@artproject.com
Objet : Snif…

Bon, on dirait que tu ne veux plus me parler. Je ne t'ai rien fait, pourtant. Si ? Diiiis ! Siiii ? J'ai fait quelque chose ? J'ai fait quelque chose. Ou alors j'ai dit un truc qui ne t'a pas plu et qui justifie que toi, ma meilleure amie depuis l'époque des couches-culottes (bon, un peu plus tard, OK, tu ne portais plus de couches en CM2 et moi non plus d'ailleurs), fasse silence radio pendant vingt-quatre heures pour… rien. Et si c'est encore cette salope de Fleur qui t'a raconté que je trouvais que tu avais grossi, ne la crois pas, elle ment. C'est ELLE qui balade partout son sac d'os (même que quand elle marche, on croirait entendre des castagnettes, si, si, je te jure ! Elle fait le même bruit que l'héroïne des *Noces Funèbres*) en disant qu'elle s'est mise au régime pour ne pas avoir tes fesses. Oups… Je crois que j'ai gaffé.

Si c'est la gaffe numéro 2, merci de me faire savoir quelle était la gaffe numéro 1. Enfin, pour en revenir à Fleur et à tes fesses, c'est elle qui le dit, ce n'est pas moi. Bon. En tout cas, ce n'est pas une raison pour faire la gueule. Je te filerai des coupe-faim gratos pour me faire pardonner.

Suis complètement déprimée, si tu veux tout savoir. Me suis pété un ongle ce matin en claquant la portière de la voiture. Mon portable s'est mis à vibrer comme un dingue au fond de mon sac, ou plutôt c'est mon sac qui s'est mis à vibrer, justement parce que ce foutu téléphone était perdu quelque part entre ma trousse de maquillage, les clefs, le courrier à poster (il y avait des grandes enveloppes, en plus, qui cachaient tout !), bref, pas moyen de le trouver... et comme je croyais que c'était toi, j'ai tout renversé. Et lorsque je l'ai enfin vu qui clignotait d'un air menaçant, du genre je ne vais pas continuer à sonner comme ça éternellement, je me suis ruée dessus. Comme en plus il pleuvait, il a fallu que je referme la portière et... je ne sais pas, il y a eu un problème dans la synchronisation, bref, je me suis retourné l'ongle.

Ta faute. En plus, c'était même pas toi, dans le phone. C'était... Oh, et puis non, tiens, je ne te le dirai pas, si tu veux savoir, tu n'as qu'à m'appeler. Si j'étais à ta place, je me grouillerais, ma douce, parce qu'il y a du scoop dans l'air. Et les scoops, c'est quand même plus marrant de les connaître avant tout le monde... sinon, c'est plus des scoops.

Ciao !

C (triste)

6 septembre 22 h 55
De : Candice@pharmamax.com
À : Emma@artproject.com
Objet : Dodo

Et puis pas la peine de m'appeler maintenant, je dors !

C-furax-à-mort-avec-un-lexomyl-dans-le-système

---

7 septembre 11 h 10
De : Candice@pharmamax.com
À : Emma@artproject.com
Objet : Mon ongle

Pas celui de Tati. Le mien. Mon ongle à moi. Tu sais, celui que je me suis explosé par ta faute en fouillant dans mon sac comme une malade, pour prendre un appel qui ne venait même pas de toi mais qui aurait *dû*, hein, depuis le temps. Tel que c'est parti, mon pauvre ongle, dans une semaine, il sera tout noir et dans un mois, il sera tout tombé. D'ailleurs, je me dis qu'au fond on ferait mieux de ne pas en avoir. Des ongles. Comme les serpents et les poissons. Ce serait plus simple. Comme ça, on ne risquerait plus de se les mettre en galette quand une copine s'inscrit aux abonnés absents.

Candice-qui-croyait-être-ton-amie

PS : C'est vraiment trop te demander que de donner de tes nouvelles ?

PPS : T'as tes ragnagnas ou quoi ????

PPPS : Ou pire : tu n'as *plus* tes ragnagnas, c'est ça ?

---

7 septembre 11 h 55
De : Candice@pharmamax.com
À : Emma@artproject.com
Objet : Oh, et puis merde

Puisque c'est comme ça...

C-comme-ciao !

---

7 septembre 11 h 56
De : Emma@artproject.com
À : Candice@pharmamax.com
Objet : Re : Oh, et puis merde

QUOI, PUISQUE C'EST COMME ÇA ????

---

7 septembre 11 h 58
De : Candice@pharmamax.com
À : Emma@artproject.com
Objet : Re : Re : Oh, et puis merde

Ah ben ça y est, te revoilà. Alors, c'était bien ragnagnaland ?

---

7 septembre 12 h 01
De : Candice@pharmamax.com
À : Emma@artproject.com
Objet : Re : Re : Re

Très drôle. Ce n'est pas du tout ce que tu crois, ma vieille.

J'étais en train de faire l'*amour*.

Nuance !

Bonjour, au fait.

---

7 septembre 12 h 05
De : Candice@pharmamax.com
À : Emma@artproject.com
Objet : Mensonge !

Oh c'est ça ! N'essaie pas de me faire croire que tu as passé trois jours à t'envoyer en l'air, pas à moi. Je te connais trop, ma vieille toi-même ! Tu es 1, trop pudibonde pour te livrer à ce genre de marathon, et trop inexpérimentée, aussi. Trois jours, quand même... il faut de l'imagination ! Et 2, même si tu l'avais fait, tu n'aurais pas résisté à la tentation de tout me raconter. Donc... Tu n'es qu'une grosse menteuse, ma *vieille*.

Tu ne te serais pas plutôt maté en douce la saison cinq de *24 heures* ? Tu sais, celle qu'on avait prévu de regarder ensemble tout un week-end en ne se nourrissant que de gâteaux, avec des masques au concombre posés sur le visage ? Et ma papillote jaune d'œuf-miel-citron sur les cheveux... Tu te rappelles ? On s'était même dit que c'était une chance que Sutherland ne nous voie pas dans cet état (miettes, concombre et papillotes) à travers la fenêtre de l'écran. Je ne parle même pas de nous sentir. J'ai encore les effluves de coagulation de jaune d'œuf et de concombre de la dernière fois dans le nez. Beurk !

Ah tiens ! Puisqu'on en est à Sutherland justement, toujours à ton goût ? Oui, évidemment. Toujours à ton goût. Il faudrait être lesbienne pour y être insensible. Et même... j'en connais qui seraient capables de virer leur cuti pour un mec comme lui.

Si, par hasard, tu n'étais *pas* la grosse menteuse que je pense que tu es : ce n'est pas une raison pour m'abandonner comme ça. Je te signale que, par ta faute, je vais être amputée d'un ongle. La déprime. Tu aurais au moins pu passer un coup de fil !

Ciao !

C

---

8 septembre 10 h
De : Emma@artproject.com
À : Candice@pharmamax.com
Objet : 7e ciel

Arrête de t'énerver toute seule ! Je sais que c'est ton exercice préféré, de piquer des crises dans ton coin, mais là, franchement, tu nous casses les pieds avec ton ongle. Il va repousser. C'est comme les vers de terre et les queues des lézards, ces choses-là, ça finit toujours par repousser. Et puis je ne m'en fais pas pour toi, tu vas nous concocter une de tes crèmes miracles, à l'essence de rutabaga et à l'écorce d'arnica, à moins que ce ne soit aux pépins de tomate verte, à la poudre de dent d'alligator... après tout, c'est toi la pharmacienne, oui ou non ?

Je ne t'ai pas appelée parce que je viens de passer trois jours et trois nuits de folie, à m'envoyer en l'air, comme tu dis élégamment, non stop... avec un *mec*. Et plutôt du genre de ceux qu'on voit dans *Têtu* que de ceux qui figuraient dans nos livres de sciences nat, si tu vois ce que je veux dire. En moins homo et en plus sexuel.

PS : Et oui, il a un petit côté Sutherland, si tu veux tout savoir.

PPS : En mieux !

PPS : Et sans string rouge !

---

8 septembre 10 h 10
De : Candice@pharmamax.com
À : Emma@artproject.com
Objet : Noooon ????

Pas possible ? Tu veux parler de ces machins – ou devrais-je dire ces machines, vu l'usage que tu sembles en avoir fait ? – avec des prénoms sans « e », sauf exceptions importables, des poils partout et un truc qui fait bling-bling entre les jambes ?

PS : Sutherland, ouais ouais...

PPS : C'est quoi cette histoire de string rouge ?

---

8 septembre 10 h 14
De : Emma@artproject.com
À : Candice@pharmamax.com
Objet : Re : Noooon ????

Exactement. Comme ces bidules que vous accrochez toutes à vos it-bags : plus c'est gros, mieux c'est ! Eh bien là, c'était... wouah ! Alors oui, tu as raison, je SUIS sur un nuage. Et j'ai bien l'intention d'y rester. J'ai trouvé mon it-man !

PS : Sutherland, si si, ma vieille !

PPS : Tu n'as jamais remarqué que sur les couvertures de *Têtu* ils portent toujours des petites culottes rouges ? Ça m'étonne de toi...

---

9 septembre 12 h 02
De : Candice@pharmamax.com
À : Emma@artproject.com
Objet : Re : 7ᵉ ciel

Et vous avez fait bling-bling ?

C-qui-n'en-croit-pas-son-ordi

---

10 septembre 08 h 50
De : Emma@artproject.com
À : Candice@pharmamax.com
Objet : Bingo

Non. On a fait crac-crac.

Hihihi...

---

10 septembre 08 h 55
De : Candice@pharmamax.com
À : Emma@artproject.com
Objet : ????????

RACOOOOONTE !!!!

---

10 septembre 09 h 10
De : Candice@pharmamax.com
À : Emma@artproject.com
Objet : Reviens !!!

Ah non ! Ce n'est pas le moment de disparaître ! Tu ne vas pas recommencer, ma vieille. Je te rappelle que tu as des choses de la plus haute importance à me raconter !

- -

10 septembre 19 h 12
De : Emma@artproject.com
À : Candice@pharmamax.com
Objet : Attends…

Pas eu une minute aujourd'hui, j'ai été complètement débordée toute la journée. On a accroché la nouvelle expo… Et là il faut que je me prépare pour aller dîner. Mais je te raconte tout demain, promis !

- -

10 septembre 19 h 20
De : Candice@pharmamax.com
À : Emma@artproject.com
Objet : 24 heures

Tu m'énerves ! Tu balances un scoop, enfin la *promesse* d'un scoop, le *début* d'un scoop, les *premières notes* d'un scoop et puis plop… tu me laisses en plan, les sens en alerte et l'imagination tout aiguisée. C'est inhumain, ma vieille ! Puisque c'est comme ça, je vais regarder *24 heures*… J'embrasserai même Sutherland pour toi, tiens ! Mais demain, je veux tout savoir. Je te préviens ! Sinon... sinon, je te raconte la fin de la saison cinq, celle que tu n'as pas encore vue !

---

10 septembre 23 h 58
De : Emma@artproject.com
À : Candice@pharmamax.com
Objet : Re : 24 heures

Ah non pas ça ! Si tu me racontes quoi que ce soit de la saison cinq, je ne te dirai rien de mon histoire. C'est moi qui te préviens. Ma vieille.

PS : Et puis c'est vraiment nul de faire du chantage !

PPS : Je vais me coucher. Je suis crevée. À demain !

PPPS : T'as pas intérêt à m'envoyer des infos sur la saison cinq pendant que je dors. Sinon...

---

11 septembre 12 h 02
De : Emma@artproject.com
À : Candice@pharmamax.com
Objet : Aïe

Bon, ça va. Tu as été sage...

Il s'appelle Mark... Et je *crois* que je suis amoureuse. Je l'ai rencontré à la salle de gym sur la cinquième, il m'a montré comment tenir plus longtemps sur les nouveaux cardiotrainers, tu sais, ces instruments de torture qui ressemblent à des tableaux de bord d'A380 et qui sont censés faire décoller tes particules de cellulite. Dis donc, entre toi et moi, il faut un soutien-gorge en béton armé pour monter sur ces trucs, on se croirait dans un shaker ! Bref, je me trouvais là, un peu démunie et pour tout t'avouer, assez moche dans ma brassière Adidas à baleines renforcées. Pas sûre de la marque, en fait, je l'ai achetée à la boutique du club après un premier essai sur les machines, où j'ai dû me rendre à l'évidence : descente d'organes assurée si je ne troquais pas illico mon balconnet La Perla en dentelle de Calais noire contre l'un de ces containers à seins, à mi-chemin entre l'art contemporain tendance Cindy Sherman et la prothèse orthopédique. Gravement moche.

Eh bien, figure-toi que Cindy Sherman ou pas, ça ne l'a pas repoussé, le type. Il m'a fait un clin d'œil en disant : « Même si vous portiez des entonnoirs on aurait envie de vous photographier les seins », et il a ajouté « *surtout* si vous portiez des entonnoirs », comme s'il avait deviné pourquoi je me sentais aussi gauche. Normalement, il aurait eu droit à sa baffe, tu me connais... mais 1, je n'avais pas tout l'usage de mes mains (c'est qu'il faut *tenir*, sur ces machines !) et 2, il avait visé tellement *juste* et le ton était tellement *mignon*... et je ne te parle même pas de ses yeux... que euh... pour une fois, je l'ai fermée et je lui ai laissé m'expliquer le fonctionnement du bazar. Et puis « photographier les seins », ce n'est pas comme s'il avait dit caresser, ou embrasser, ou – pire – tripoter, comme n'importe quel péquin, c'est... comment dire... plus artistique, tu vois. Tu connais mon faible pour l'art !

D'ailleurs, si je suis honnête avec moi-même, et avec toi par la même occasion, c'est peut-être ça qui m'a attirée, chez lui : le fait que, dans son genre, il ressemble un peu à une œuvre d'art.

Comme une installation, tu vois, un truc vivant, sans cesse en mouvement, les yeux, les lèvres, les biceps, les pecs, les muscles des cuisses, les abdos que l'on devinait à l'empreinte de sueur qu'ils laissaient sur le tee-shirt... Il ne faut pas le dire, mais avant de connaître son prénom je lui avais donné un titre, comme à un tableau. « Animâle », j'ai pensé... ça m'est venu comme ça, c'est marrant, non ?

Après, on a pris un verre, après, il m'a montré son studio et après...

----

13 septembre 15 h 38
De : Candice@pharmamax.com
À : Emma@artproject.com
Objet : De l'art, peut-être… mais bien peu de manières !

Et les préliminaires, alors ? Animâle ou pas, t'en fais quoi des préliminaires ? Cinquante ans de féminisme, à se battre pour que les mecs sachent reconnaître 1, le chemin du fleuriste ; 2, une bouche pour l'embrasser et 3, les coordonnées GPS d'un clitoris, pour *quoi* ? Pour que des pucelles comme toi se laissent culbuter dès le premier soir par des forts en gym dégoulinants de transpiration, avec des marcels à trous et des dreadlocks sous les bras ? Tu parles d'une œuvre d'art ! Tu me diras, avec la mode trash, maintenant, on ne sait plus ce qui peut être considéré comme de l'art et ce qui est juste révulsant.

Et il vit dans un *studio*, en plus ! C'est glamour, ça, encore ! Il a dix ans de moins que toi, c'est ça ? C'est ça. Il a dix ans de moins que toi. Il est encore étudiant, il n'a pas un rond et du lait qui sort du nez quand on appuie dessus, hein ? Et vous allez vous faire des pizzas aux chandelles assis sur son futon qui fait aussi canapé qui fait aussi terrain de jeu qui fait aussi table basse… en sirotant les restes d'une bouteille de chianti éventé, apportée le dimanche d'avant par sa maman ? Quand comprendras-tu enfin ce qu'il te faut, ma chérie, c'est un homme, un vrai ! Pas un tableau ou une installation, comme tu dis. Pas juste une jolie petite chose – ou devrais-je dire un grand format ? – que tu ne garderas pas plus que le temps d'une expo et que tu largueras au premier accrochage. Crois-en mon expérience !

Et ne me raconte pas que ton craquage intempestif… c'était juste parce que tu n'arrivais pas à enlever ton harnachement toute seule ! Tu ne vas pas me la faire, celle-là. Pas à moi !

- 🖨

13 septembre 16 h
De : Emma@artproject.com
À : Candice@pharmamax.com
Objet : Le doigt dans l'œil…

… Et profond ! Mark ne *vit* pas dans son studio, il y *travaille*. Parce que figure toi qu'il est *photographe*. Raison pour laquelle mes nibards, il voulait les *photographier*. Le *terrain de jeu*, comme tu l'appelles, est un *loft* dans *Soho*. Que je ne te montrerai pas parce que là, tu aurais *vraiment* des raisons d'être jalouse. Mais que je te décrirai... parce que oui, toi qui crois tout savoir, ça m'amuse de te donner quelques petites raisons de bisquer. Voilà.

Alors ce loft, il occupe tout le dernier étage d'un immeuble d'angle, les deux derniers étages, en fait, puisque sur le toit, Mark a fait aménager une terrasse, sur laquelle tu donnes sans problème un dîner de cinquante personnes. Assis. Et encore, il reste de la place pour une piste de danse, si tu veux. Il m'a raconté que l'année dernière, ils y ont fêté l'anniversaire d'une de ses copines (grrr !!! Pourquoi faut-il que les hommes, même lorsqu'ils sont en train de te draguer, fassent étalage de leurs précédentes conquêtes ?). Ils étaient soixante-dix, plus l'orchestre, et ils ont dansé jusqu'à six heures du matin, alors tu vois...

Sur sa terrasse, il y a une forêt de cyprès, des bougainvillées qui tiennent le coup on se demande comment, et des jasmins. Bien que ce soit la fin de la saison, ils étaient encore couverts de fleurs. Et l'odeur était à mourir ! Dedans, la déco est zen comme on aime, murs mastic et parquets chocolat, canapés blancs... D'habitude, je ne peux pas dire que j'adore les canapés blancs, mais ceux-là sont si épurés qu'on les voit à peine. Bon, il n'y a pas vraiment de touche féminine dans tout ça, mais c'est rassurant, non ? Tu m'imagines débarquer dans le même décor, mais rempli des fleurs et des petites fioritures d'une autre, qui serait au mieux celle d'avant et au pire... bah ! Même pas envie d'imaginer !

Mais ce n'est pas pour ça que je l'aime. Je l'aime parce qu'il est tendre et attentionné... et que je l'aime. Parce que contrairement à toi, je préfère les crédits du cœur à ceux du compte en banque. Et de toute façon au plumard, on est tous à poil !

PS : Tu ne pourrais pas me filer des vitamines, please ? Suis crevée...

PPS : En plus, il a un truc craquant, Mark. Même maintenant que...hum... on se connaît *bien,* tu vois ce que je veux dire... il continue de me vouvoyer. C'est sexy en diable... et terriblement exotique !

PPS : Et il fait divinement bien la cuisine !

---

15 septembre 8 h 10
De : Candice@pharmamax.com
À : Emma@artproject.com
Objet : Re : Le doigt dans l'œil...

Bon, alors s'il fait vraiment la cuisine, et bien, comme tu as l'air de l'insinuer avec vigueur, je comprends que tu sautes les préliminaires. C'est important, un homme qui sait mettre la main à la pâte. Et puis c'est rare, tu sais.

Côté vitamines, je te prépare un paquet avec des capsules de gelée royale et de ginseng, ça devrait faire l'affaire. Tu veux que je te les apporte samedi à l'anniv de Paulina ? Elle m'a confirmé que tu venais. Et elle a même sous-entendu (tu la connais !) que tu serais *accompagnée.* Ça veut dire que tu nous fais l'honneur de nous présenter la star ? J'ai hâte de le rencontrer...

Au fait, tu veux toujours les trucs pour maigrir, ou le sport que tu pratiques actuellement (!!!) te suffit ? C'est parce qu'on vient de recevoir le nouveau Xenadrine NRG et qu'au rythme où ça descend, vaudrait mieux que tu passes tes commandes maintenant. Si vous êtes partis pour vous faire des dîners en amoureux tout le temps, je serais toi, j'en prendrais quelques boîtes d'office, et j'attaquerais une cure préventive. Mais je ne veux surtout pas te forcer la main, c'est toi qui vois. Tu me dis...

Par ailleurs, je t'informe que je ne suis même pas jalouse, vu que cette semaine, pendant que tu batifolais avec ton musclor et son grand angle, je m'en suis tapé deux. Ouais. Bon, OK, je dois admettre qu'il y en a un qui est déjà en rampe de lancement... À mon avis, il ne passera pas le week-end. Mais l'autre devrait arriver en deuxième semaine haut la main. Enfin la main... J'essaie de te le montrer chez Paulina. Ben oui... si tu nous montres le tien, je ne peux pas faire moins ! Tu nous le montres sûr, sûr, dis ?

C (curieuse)

PS : Question Prozac et Lexo, tu as ce qu'il te faut ?

PPS : Toute façon, c'est ringard Soho.

----

16 septembre 17 h 25
De : Candice@pharmamax.com
À : Emma@artproject.com
Objet : Popote

Je reviens sur ton homme en cuisine. Ça m'éclate. Tu sais, je réfléchissais hier soir dans mon bain, je faisais le compte de toutes les aventures que j'ai pu avoir (enfin, celles que je n'ai pas oubliées)... et figure-toi qu'il n'y en a pas un qui savait faire quoi que ce soit. Rayon bouffe, je veux dire. J'en ai déduit que ça devait être un truc générationnel, les mères qui ne les avaient pas formatés pour, ou qui, elles-mêmes, n'étaient pas des cordons bleus, loin de là, et s'en fichaient comme d'une guigne. Certains de mes ex essaient, en général ils laissaient la pièce dans un désordre noir, toute la maison sentait le brûlé et ça se finissait, dans le meilleur des cas chez le traiteur, et dans le pire des cas au restaurant, le temps que l'appartement, que nous laissions toutes fenêtres ouvertes, s'aère et que l'on puisse de nouveau y dormir. Tiens, c'est même comme ça qu'un jour, je me suis fait cambrioler... La bonne blague ! Je l'avais oubliée, celle-là...

PS : C'est quoi, sa spécialité ?

PPS : À demain ! Tu ne me fais pas faux bond, hein ?

- -

16 septembre 18 h 10
De : Mark@studiomarkandco.com
À : Emma@artproject.com
Objet : Une surprise...

Ma douce, prête à être enlevée (par moi) demain matin à

7 h 45 ? Pile ? Je sais que c'est tôt, mais il y a une jolie surprise à la clef. Alors c'est oui ?

Un M amoureux

---

16 septembre 18 h 12
De : Emma@artproject.com
À : Mark@studiomarkandco.com
Objet : Une surprise ? Waouah !

Bien sûr, c'est oui ! J'adore les surprises, et puis c'est tellement romantique de se faire enlever par... hum... un M amoureux ! J'ai follement envie de passer la journée avec toi, mon M... je t'attendrai !

E comme extase !

---

16 septembre 18 h 15
De : Mark@studiomarkandco.com
À : Emma@artproject.com
Objet : Re

La journée, hum...

---

18 septembre 10 h 50
De : Candice@pharmamax.com
À : Emma@artproject.com
Objet : NOSIG

Hello, toi !

À moins de m'être trompée de radar, ou de fête, ou de Paulina, qui sait... ON NE T'A PAS VUE, HIER SOIR ? Et ne me dis pas que tu étais là, noyée dans la foule, parce qu'il n'y avait *même pas* de foule. Malgré l'envie que j'ai de te faire bisquer moi aussi (je t'en dois une, après le coup du loft !), en te disant que tu as raté LA it-fête, que Sutherland était là sans sa copine et que tu aurais été la plus mince de la soirée, je ne peux pas te dire que c'était bien... ni même potable. Il y a un stade au-delà duquel même moi, je ne peux plus mentir.

Paulina, pour commencer : ça faisait plus d'un an que je ne l'avais pas vue, la pauvre. Comme toi, j'imagine. Depuis le jour où elle nous a plantées toutes les deux avec l'addition au Waklya, tu te rappelles, le japonais hors de prix du Gramercy Park, alors que c'était elle qui nous y avait « invitées ». Quelle mal élevée, cette fille, quand même ! Je revois encore ta tête quand elle n'est pas réapparue des toilettes après vingt minutes, et que tu as réalisé qu'elle avait emporté son sac. Faudrait toujours se méfier des filles qui partent aux toilettes avec leur sac, ça cache quelque chose.

Enfin, en attendant, la Paulina, elle a pris un de ces coups de vieux, on dirait qu'elle a, je ne sais pas, moi... au moins quarante ans ! Remarque, depuis le temps qu'elle fête ses vingt-huit ans, elle n'est peut-être pas *si loin que ça* des quarante. Hum... peut-être pas, quand même. Ça fait beaucoup.

Les joues maigres et les cuisses énormes, avec le genou en religieuse. Gros chou, petit chou, cerise. Tu imagines le sketch. D'autant qu'elle portait une jupe de contention en imitation Jitrois et des stay ups. Et un string qui devait dater de l'époque de sa grandeur (enfin de sa maigreur, il y a carrément long-temps). Trace, trace, trace, ça faisait. Au cul, à la cuisse et au genou. Pauvre Paulina !

Du coup, je crois qu'elle aura apprécié mon cadeau. Je lui avais concocté mon panier « Oldie mais encore Goodie », tu sais, celui que les vieilles s'arrachent au moment de Noël, et qu'on arrive à fourguer aux hommes le 24 décembre, quand ils n'ont pas encore le cadeau de leur femme, ou qu'ils doivent se résigner à acheter un truc pour leur belle-mère. Cette année, à la pharmacie, j'organise le concours de celui qui vendra le plus de paniers-cadeaux le 24 décembre. J'offre un magnum de Dom Pérignon, je ne te dis même pas comme ils sont motivés. Je me demande si je ne vais pas être en rupture de stock... je devrais peut-être en faire plus ! Où en étais-je ? Ah oui, ce panier : j'y mets un quart Xenadrine EFX, un quart acide hyaluronique, un quart lexo et un quart Vodka. J'aurais dû insister sur la vodka. Elle a tellement grossi, Paulina, que quand elle se regarde dans la glace, vaudrait mieux qu'elle ait l'excuse de se savoir bour-rée : comme ça, elle pourrait se dire qu'elle voit double. La pauvre, la pauvre, la pauvre. Franchement, je la plains !

Son appart : immonde ! Tu sais qu'elle a déménagé ? D'après ce qu'elle m'a raconté, son mec a absolument tenu à ce qu'elle quitte son quartier pourri, où elle vivait dans cet atelier pas trop mal, tu te rappelles, il était grand, au moins, et d'une belle hau-teur sous plafond, pour s'installer dans l'Upper East Side. Alors oui, elle est tout près de Central Park, si elle pouvait encore cou-rir malgré le frottement, elle serait à un jet de pierre, tu peux même apercevoir le haut des arbres par la lucarne des toilettes. Il paraît que tu le vois aussi si tu vas sur l'escalier extérieur, mais comme elle est au trente-neuvième étage, on n'a pas tellement envie. Mais son truc, c'est un mouchoir de poche. Elle dit que c'est plus facile à entretenir, ça, je veux bien la croire. C'est minus-cule. Tellement petit qu'elle a dû donner son chat... et après, son mec. À une copine. La même que celle qui avait pris le chat. Enfin, je ne crois pas qu'elle le lui ait vraiment donné, le mec. J'ai eu l'impression que la fille s'était un peu servie elle même.

La bouffe : je ne t'en parle même pas ! Lipides, lipides, lipides. Ça, c'est pour le plat de résistance. Glucides au dessert, de la cellulite en barre. J'ai dû doubler ma dose de Xenadrine en rentrant, et encore... je ne suis pas sûre d'en sortir indemne. Pour le coup, toi, maintenant que tu vis avec un gourmet, je crois que tu n'aurais pas supporté. Heureusement que le champagne était bon. Et frais (enfin au début).

Les gens : ben là, c'est simple. 1, elle n'a pas beaucoup d'amis et 2... si c'est pour avoir des amis comme ceux-là, je préfère pas. Complètement à l'ouest, la bande. Il y en a même une qui a bu le poisson rouge ! Je te promets ! Le joli petit poisson rouge de Paulina, décoloré par le chlore, ou je ne sais quel produit qui se trouve dans l'eau du robinet. Ce n'est plus un poisson rouge, d'ailleurs, maintenant qu'il est blanc. Bon, alors la fille a fait tout un cirque pour que son copain aille lui chercher un verre de coca. Pour se marrer, et il faut dire qu'elle l'avait bien cherché – c'était une chieuse, mais alors une chieuse ! –, il a mis le poisson dans le verre, plop ! La fille ne buvait jamais d'alcool, apparemment. Mais des poissons, il faut croire que oui. Elle l'a avalé tout rond, sans s'en rendre compte. Elle a dû le prendre pour un glaçon. Mais quand elle a commencé à sentir le truc bouger dans sa gorge, elle a poussé un cri et est montée sur une chaise... comme si elle avait vu une souris. Paulina lui a gentiment expliqué qu'elle avait un poisson rouge – blanc – dedans, et pas une souris verte dehors. Ou grise. Enfin comme tu veux, ce n'est pas le problème. L'histoire s'est terminée dans la salle de bains, à regarder le fille se débarrasser du poisson avec une dextérité d'anorexique. Et c'est pas fini : après avoir emmerdé tout le monde avec son coca, elle a tout fait passer avec du champagne. Comme quoi... enfin tu vois, on a vraiment rigolé comme des petits fous ! Et Paulina qui beuglait : pauvre Agamemnon, pauvre Agamemnon ! Comme si c'était un nom pour un poisson, Agamemnon... Pourquoi pas Vercingétorix, tant qu'elle y était !

Et je ne t'ai pas dit : en plus, j'étais toute seule ! Celui qui n'était pas en rampe de lancement a pris la poudre d'escampette. Figure-toi qu'il était gay. Il m'a expliqué qu'avec moi, il avait juste voulu « essayer les filles », mais que décidément ce n'était pas son truc. Je te raconterai.

C'est lourd, les mecs... même ceux qui ont une part féminine très développée.

PS : Brunch ?

PPS : Mais light...

19 septembre 15 h 05
De : Candice@pharmamax.com
À : Emma@artproject.com
Objet : Ceinture !

Pour le brunch d'hier, on dirait que c'est raté. Suis allée me consoler devant une montagne de bagels au cream cheese et au saumon fumé, merci ma vieille ! Avec pour seuls légumes le coleslaw (mayonnaise, histoire de faire glisser le chou et les carottes !) et la tomate cerise qui décorait l'assiette. Je ne te parle même pas des chips de pommes de terre violettes, assorties à feu mon ongle et totalement irrésistibles, of course ! Ça doit être la couleur. Déjà que par ta faute, je n'ai plus d'ongle (ça y est, il est tombé ce matin), je ne sais même pas avec quoi je vais pouvoir tirer sur mon jean pour rentrer les agapes de samedi PLUS ma compensation alimentaire au vide affectif que tu crées en moi, espèce de lâcheuse, dedans. Si, tiens, je sais : je m'en vais de ce pas dévisser le flacon de Xenadrine NRG que j'avais gardé pour toi, et m'en faire passer deux derrière la cravate. Tant pis pour ta pomme ma chérie, tant pis pour tes fesses, surtout, et ton ventre itou. Tu n'avais qu'à être là.

Ton-amie-abandonnée

PS : En plus, après m'avoir mis l'eau à la bouche en me racontant que ton mec faisait la cuisine comme un dieu (les dieux font-ils la cuisine, d'ailleurs ? Les dieux ont-ils besoin de manger tout court ? On sait qu'ils picolent, mais rien sur la manière dont ils se nourrissent. Concept à développer, tiens... c'est vrai, on n'a jamais vu de dieu *gros* !)... ben tu ne m'as *toujours* pas dit ce que c'était, sa spécialité !

---

20 septembre 17 h 20
De : Emma@artproject.com
À : Candice@pharmamax.com
Objet : Touche pas à ma Xenadrine

Hey, calme, ma chouette ! Tu ne vas pas me faire le coup de l'amie blessée, juste parce que je ne réponds pas à tes mails au quart de tour. Je n'étais pas là, figure-toi. Mark m'a fait la surprise de m'emmener pour le week-end à Miami et on rentre à l'instant. Imagine-toi qu'il m'a envoyé un mail vendredi en fin d'après-midi, pour me dire qu'il passait me prendre le lendemain aux aurores pour une *surprise.* Je m'attendais à ce que nous partions quelque part pour la journée, mais lorsque nous nous sommes retrouvés à Kennedy, il m'a avoué que nous rentrions... ben, aujourd'hui, tu vois. Je ne te dis pas ma tête : j'avais quitté l'appartement les mains dans les poches, je n'avais même pas pris ma brosse à dents. Comme s'il lisait dans mes pensées, il a souri et m'a assuré que je ne manquerais de rien, qu'il s'était chargé de tout, et effectivement...

À l'hôtel m'attendait un sac de voyage rempli de lingerie, de petites robes en lin, deux jeans et des tops Abercrombie, un maillot de bain, des sandales Jimmy Choo avec un talon vertigineux, je te montrerai, et une guêpière La Perla que je n'ai pratiquement pas quittée du week-end. Enfin, presque. Il avait même fait acheter mon parfum, ma crème de jour et mon contour des yeux. Entre toi et moi, je n'en reviens toujours pas ! Qu'un homme ait un tel sens de l'observation et arrive si bien à se débrouiller, c'est juste énorme ! Je devais avoir l'air tellement abasourdie quand je l'ai remercié, qu'il a voulu minimiser son exploit en m'expliquant calmement qu'il n'y était pour rien. C'était le styliste avec lequel il avait l'habitude de travailler ici qui s'était chargé de tout. Enfin, c'est quand même lui qui avait communiqué les détails !

Il avait réservé une suite au Delano, toute blanche, comme les trois nuits que nous y avons passées. À peine eu le temps d'admirer la déco de Starck, hormis la gigantesque baignoire en marbre italien (une invention géniale !), dont nous avons largement profité ! Mais j'ai quand même pensé à toi : tu t'en serais donnée à cœur joie avec les serveurs qui ressemblent tous à des covers de *Vogue*... et qui paraissent presque offensés quand on leur demande une tasse de thé. Genre : je suis là pour ça, mais c'est *tellement* pour payer mon composite/mon studio/l'essence de ma Harley en attendant d'être repéré par le it-photographe ou le directeur de casting du moment, qu'il ne faut pas trop m'en demander quand même. Bref, je vais vous l'apporter, votre matcha, mais dites-vous bien que je vaux mieux que ça...

Toi qui aimes les mâles qui boudent, tu aurais adoré te faire monter ton matcha dans ta chambre par une de ces bombes... et plus si affinités.

Le plus drôle : au bout de vingt-quatre heures, ils ont reconnu Mark. Il semblerait qu'il fasse partie des it-photographes, justement. À partir de là, je ne te raconte pas la danse du ventre. J'aurais pu en commander des litres, de thé. Et dans des dés à coudre. Et les faire apporter à toute heure du jour et de la nuit, ils se seraient battus pour le voir de près, Mark... et essayer de lui refiler leur book.

Miami est une ville frivole !

PS : Pour ton ongle, faut-il que je t'envoie la petite souris ?

PPS : Besoin de la Xénadrine pour rentrer dans mes nouvelles robes, alors pas touche à ma ration !

- -

20 septembre 23 h 45
De : Emma@artproject.com
À : Mark@studiomarkandco.com
Objet : Week-end de rêve

Je m'endors, Mark, en pensant à toi et à ces trois jours exquis, délicieux, doux, merveilleux, extatiques... passés en ta compagnie. C'était... comment dire... j'ai du mal avec ça, j'ai du mal à exprimer avec des mots l'état dans lequel je suis. Tellement je suis bien. Tellement je me suis sentie bien, et vivante, et heureuse à tes côtés, dans cette grande suite blanche que nous avons à peine quittée. À part pour aller s'enfermer dans la petite cabine de plage, tu te souviens de la petite cabine de plage ?

Voilà hum... c'est dur à dire pour moi, tu sais, je ne suis pas douée pour les grandes déclarations, mais, bon... je crois bien que je t'aime. À la folie. Mark.

Emma-sur-un-nuage

---

20 septembre 23 h 48
De : Mark@studiomarkandco.com
À : Emma@artproject.com
Objet : Re

Moi aussi je vous aime, je sais que ça ne se dit pas, « moi aussi », que je devrais faire un effort et trouver d'autres mots mais... moi aussi je vous aime. À la folie. Emma.

M-amoureux

PS : En plus, vous portez très joliment les guêpières...

---

21 septembre 8 h 15
De : Candice@pharmamax.com
À : Emma@artproject.com
Objet : La recette !!!!

Alors, c'est quoi, sa spécialité ?

---

21 septembre 13 h 45
De : Emma@artproject.com
À : Candice@pharmamax.com
Objet : Fooding

Ah ! Oui, pardon, je n'avais pas vu tout ton message. Et puis, il me fallait le temps de descendre de mon nuage.

Mark est un dieu des fourneaux, il sait à peu près tout faire (d'où, effectivement, mon besoin urgent de Xéna-drine, tu as parfaitement raison ma cocotte, mieux vaut prévenir que guérir, d'autant qu'après les cocktails du week-end, ça commence sérieusement à serrer aux entournures... c'est pénible d'avoir une nature qui « profite », comme moi !). MAIS il a une spécialité, qu'il réussit par-dessus tout. Ce sont les *galettes.* Une recette française, bretonne, pour être précise, qu'il a rapportée, en même temps que la farine de sarrasin sans laquelle une galette n'est pas une galette. C'est comme les pancakes, mais en beaucoup plus grand et beaucoup plus fin, avec cette farine noire qui a un goût de châtaigne... Dessus, tu mets beaucoup de beurre salé, du jambon, du fromage, un œuf si tu aimes, ou alors de la crème fraîche, du saumon fumé et de la ciboulette... et c'est juste à mourir !

PS : J'adore quand tu dis qu'il n'y a pas de dieu gros. Et Bouddha, alors, avec ses ventres superposés ? Tu ne crois pas qu'on devrait lui filer de la Xénadrine en offrande ?

22 septembre 18 h 25
De : Candice@pharmamax.com
À : Emma@artproject.com
Objet : Miami vice

Je suis jalouse ! Pendant que je grossis à vue d'œil, madame s'achète – pire, se *fait acheter* – des nouvelles robes – pire, *n'a même pas besoin de les demander* – et batifole dans les couettes blanches de Starck avec une star de la photo au milieu d'un casting de mode… En résumé, c'est ça, non ? Ce n'est pas à moi que ça arriverait, une chose pareille ! Moi, j'ai juste tapé dans l'œil du frère de Paulina, qui m'a servi une coupe de champagne et un brin de conversation samedi dernier. À vrai dire, je ne m'en souviens pas très bien. Je me rappelle vaguement un grand brun en jean et en polo Harvard, un peu dégarni, qui portait des chaussettes blanches, je le crains, mais pas des socquettes tout de même, dans des mocassins à pompons. Not my style, la tonsure avec la mèche qui revient par-dessus, les chaussettes, le diplôme accroché sur le torse et les pompons, ça fait un peu beaucoup pour un seul homme. Pas glam' pour un sou. Pas comme le tien ! Pas du genre à improviser des week-ends chez *Monsieur* Starck, en tout cas. Le Delano, il doit croire que c'est une annexe de la mairie de Paris. Et encore, en supposant qu'il connaisse Paris.

Enfin, il m'a appelée hier, il veut m'inviter à dîner. Je dois dire que je suis un peu surprise par le choix du restaurant. Il veut que nous allions à l'Atelier, au Four Seasons. Rien que ça. Je me suis dit, tiens, finalement, peut-être connaît-il *aussi* le Delano. Après tout… Je ne sais pas… L'avenir le dira, peut-être.

J'ai passé un coup de fil à Paulina, sous prétexte de la remercier de *l'excellente soirée* (tu parles !), et j'en ai profité pour aller à la pêche aux infos. Non seulement elle savait déjà tout, son frangin avait dû lui raconter, mais elle avait due être briefée à mort parce que la première chose qu'elle m'a dite, c'est : Paul t'a trouvée hyper sexe (elle sait ce qui fait mouche avec moi, la vache !), il était *désolé* que tu doives partir aussi tôt (trois heures, il n'y a pas eu moyen de s'éclipser avant, pas assez de monde pour filer à l'anglaise, et puis avec ce que j'avais bu, mieux valait laisser un peu s'évaporer l'alcool avant de rentrer, j'aurais été capable de me tromper de rue ! Ou d'immeuble ! Ou d'appart, tu me vois essayer de rentrer ma clé dans la serrure des voisins à trois heures du matin ? Et j'ouvrais la boutique le lendemain, moi ! Faudrait que j'arrête de faire les gardes le dimanche, d'ailleurs). Paul est trader pour Goldman Sachs, elle a continué, Paul réussit comme un dieu, tu sais... Paul ci, Paul ça... Rien que du très flatteur, remarque. Si je ne l'avais pas interrompue, je te file mon billet qu'elle me disait combien il gagnait, en net et en brut, et le montant de son bonus par-dessus le marché. Je sais ce que tu vas me dire : il y a des femmes qui trouvent ça sexy, le pouvoir d'achat.

Cette manie de se vendre, juste pour tirer un coup. Je ne sais pas si je vais y aller...

PS : La petite souris, ce n'est pas la peine, j'ai mangé mon ongle toute seule... Ben oui, tu ne vas pas me croire, mais j'avais encore faim !

PPS : Et puis t'inquiète pour ta Xénadrine : je deale, mais je ne consomme pas !

PPS : Tu n'aurais pas la recette, par hasard ? Des galettes... ça avait l'air super bon. J'ai vraiment envie d'essayer. Au point où j'en suis !

---

23 septembre 10 h 05
De : Emma@artproject.com
À : Candice@pharmamax.com
Objet : Vice et versa

Vas-y ! C'est quoi, cette timidité soudaine ? C'est moi qui vais devoir te donner des conseils, maintenant ?

---

23 septembre 10 h 07
De : Candice@pharmamax.com
À : Emma@artproject.com
Objet : Re : Vice et versa

Je ne sais pas... J'hésite.

---

23 septembre 10 h 10
De : Emma@artproject.com
À : Candice@pharmamax.com
Objet : La petite bête

Quoi ? Il ne va pas te manger...

---

23 septembre 19 h 35
De : Candice@pharmamax.com
À : Emma@artproject.com
Objet : Chocottes

C'est... Paulina n'aurait jamais dû me raconter toutes ces choses sur son frère. Maintenant, il me fait peur. J'ai peur de ne pas être à la hauteur. D'habitude, je choisis des mecs plutôt... repo-sants. Comme ça, il n'y pas d'embrouilles, l'un comme l'autre, on sait pourquoi on est là. Mais un trader qui sort d'Harvard... Comment dire, ça me fout les jetons. S'il faut passer le dîner sur les nouvelles théories monétaristes ou l'essor du microcrédit dans les pays en voie de développement avant d'attaquer les choses sérieuses, je ne suis pas certaine de tenir la route. En fait, je suis même sûre du contraire. Toi, avec ton photographe, tu as de la chance, c'est un mec normalement branché, il parle de trucs que tout le monde *connaît*. Il parle comme nous. C'est ton milieu professionnel, en plus. Mais un *trader...* Je vais lui parler de quoi, moi ? Ce ne sont pas les nouveaux dosages de la Xénadrine et les problèmes de libido liés aux anxiolytiques qui vont le faire bander !

24 septembre 07 h 25
De : Emma@artproject.com
À : Candice@pharmamax.com
Objet : Arrête ton char !

Vas-y, ma vieille, sinon je ne te parle plus jamais. Et je ne te donne pas la recette des galettes, tiens !

24 septembre 10 h 20
De : Candice@pharmamax.com
À : Emma@artproject.com
Objet : Fringue alert !

Ha ha ! Très drôle ! Et je mets quoi, moi, pour y aller ? Je ne ren-tre plus dans ma robe prune, tu sais, celle en cache-cœur. Et la noire drapée, avec son encolure en bénitier, est beaucoup trop suggestive pour un premier rendez-vous. D'autant que je ne l'ai jamais portée *assise,* je l'ai toujours mise pour aller en soirée. Je sais que debout, ça va, il suffit de tirer discrètement dessus pour que tout reste en place. Mais je n'ai aucune idée de ce que peut donner le haut pendant tout un dîner. Pas sûr qu'il tienne le coup. Et je n'ai pas envie de passer la soirée à me dandiner pour faire rentrer une bretelle de soutien-gorge qui dépasse ou à replacer un décolleté qui ne demandera qu'à s'échapper.

PS : Et les bottes ? Tu crois que je peux déjà mettre des bottes ? Septembre, ce n'est pas trop tôt ? Je ne vais pas y aller en talons aiguilles, quand même !

---

25 septembre 10 h 22
De : Emma@artproject.com
À : Candice@pharmamax.com
Objet : Fringue hotline

Et ta robe rouge ? Celle que tu portais pour le vernissage, le mois dernier ? Elle t'allait pas mal, celle-là...

---

25 septembre 10 h 23
De : Candice@pharmamax.com
À : Emma@artproject.com
Objet : Re : Fringue hotline

Mais non ! C'est une robe d'été. Je ne peux pas la porter avec des bottes, ce serait ridicule...

---

25 septembre 10 h 25
De : Emma@artproject.com
À : Candice@pharmamax.com
Objet : Hugg

Alors là je ne vois vraiment pas le problème. Kate Moss porte bien des shorts avec des Ugg pour aller à la plage...

---

25 septembre 10 h 26
De : Candice@pharmamax.com
À : Emma@artproject.com
Objet : Brindille

Oui, mais c'est Kate Moss...

---

26 septembre 00 h 10
De : Candice@pharmamax.com
À : Emma@artproject.com
Objet : Pfffff...

De toute façon, j'ai rien à me mettre ! Et je ne supporte pas les après-ski...

2 octobre 9 h 05
De : Emma@artproject.com
À : Candice@pharmamax.com
Objet : Opération séduction

Alors ?

- 🖨 🗑

3 octobre 9 h 20
De : Emma@artproject.com
À : Candice@pharmamax.com
Objet : ?

Alors ???

- 🖨 🗑

3 octobre 9 h 22
De : Emma@artproject.com
À : Candice@pharmamax.com
Objet : Tu boudes ?

Alors, ta soirée ??? Comment ça s'est passé ? Dois-je comprendre que tu te venges ? Dois-je comprendre que tu me fais payer mon silence de la dernière fois, espèce de mule du pape, dois-je comprendre que tu avais gardé tes griefs au fond de toi pour me les resservir à froid ? Ce qui voudrait dire... Haha... Dois-je comprendre que vous l'avez *fait* ? Dois-je comprendre que tu as trouvé les ressources pour parler trader, théories monétaristes, microcrédit... ou bien que Mister Harvard a su se mettre à ton niveau ? Oups, pardon, c'est méchant, je ne le pensais pas. Ou alors tu lui auras fait boire dans un « dernier verre » une de tes décoctions aphrodisiaques...

Dois-je comprendre...

---

3 octobre 9 h 24
De : Candice@pharmamax.com
À : Emma@artproject.com
Objet : Galette !

Envoie-moi la recette des galettes et je te raconte !

---

3 octobre 9 h 25
De : Emma@artproject.com
À : Candice@pharmamax.com
Objet : Re : Galette

Non. Tu racontes d'abord. Si tu crois que je vais me laisser avoir comme ça...

- -

3 octobre 9 h 26
De : Candice@pharmamax.com
À : Emma@artproject.com
Objet : Pas de bras, pas de chocolat !

Non. La recette d'abord. Ce que j'ai à te dire, c'est l'Oréal !

- -

3 octobre 13 h 25
De : Emma@artproject.com
À : Candice@pharmamax.com
Objet : J'espère que ça le vaut bien !
Pièce jointe : Les Véritables Galettes de Mark

Oh ! Arrête, avec cette expression. Quand on était en cour de récréation, je veux bien, mais maintenant... on est grandes, non ?

Bon. Voilà la recette. Après ça, tu as intérêt à fournir, ma vieille !

Les Véritables Galettes de Mark

Pour 12 galettes

Timing : compter 5 mn pour préparer la pâte, 2 h pour la faire reposer et 3 à 4 mn de cuisson par galette.
Ingrédients :

– 400 g de farine de sarrasin,

– 200 g de farine de froment,

– 50 g de beurre salé pour la pâte et 10 à 20 g pour la cuisson,

– 1 l de lait cru entier.

Préparation : faire fondre le beurre dans une casserole au bain-marie (bain-marie : fond d'eau dans une autre casserole plus grande qui sera celle posée sur le feu). Mélanger les farines dans un saladier, y ajouter le lait petit à petit en tournant, puis le beurre fondu. Couvrir d'un film transparent et laisser reposer au frais au minimum 2 heures.

Cuisson : dans une grande poêle ou une crêpière, faire fondre le beurre et un petit peu d'huile pour éviter qu'il noircisse. Prélever une petite louche de pâte, la verser dans la poêle en faisant en sorte de bien l'étaler. Laisser dorer de chaque côté. Conserver au chaud.

Servir avec : jambon blanc-gruyère râpé-œuf, ou saumon fumé-crème fraîche-ciboulette, ou beurre salé...

Mes créations : beurre salé-miel-pignons de pin grillés, ou philadelphia-jambon fumé-miel-ananas.

---

3 octobre 13 h 26
De : Emma@artproject.com
À : Candice@pharmamax.com
Objet : Des news !

Alors ?

---

3 octobre 13 h 27
De : Emma@artproject.com
À : Candice@pharmamax.com
Objet : !!!

Alors ???

3 octobre 14 h 05
De : Emma@artproject.com
À : Candice@pharmamax.com
Objet : !!!!!!!

ALORS ???

3 octobre 21 h 50
De : Emma@artproject.com
À : Candice@pharmamax.com
Objet : J'en étais sûre…

… que je me ferais avoir. Maintenant que tu as ta recette, tu n'es pas très pressée de me raconter ta soirée, hein ? Grugeuse, va !

4 octobre 18 h 10
De : Candice@pharmamax.com
À : Emma@artproject.com
Objet : T'as déjà vu un pape avec des mules, toi ?

Hello ma vieille, merci pour la recette. Ça a l'air simple, mais je me méfie de ce genre de préparation. En général, il faut dix ans pour attraper le coup de main. D'autant que la farine de blé noir, je connais : j'ai déjà eu une expérience pas très concluante. Si tu ne la manies pas comme il faut, elle sèche et tes crêpes sont dures comme du bois. Je vais m'y atteler dès ce week-end.

Bon. Alors, cette fameuse soirée... À part en ce qui concerne les chaussons du pape, tu as tout compris !

Vendredi soir, n'écoutant que mon courage, j'ai sauté dans ma petite robe noire drapée pour faire passer mes rondeurs pour un effet de style (héhé... finalement, mes rondeurs et quelques épingles ont suffi pour faire tenir le décolleté en place le temps du dîner), une paire de low boots en cuir verni rouge (tu apprécieras le compromis) et un taxi jaune, et je me suis rendue sur la 57e pour retrouver Mister Harvard, comme tu dis, au bar du Four. Après deux frozen margaritas (chacun, et pas des moindres : il y avais plus de tequila que de citron vert, si tu vois ce que je veux dire), nous avons rejoint notre table... On attend toujours une plombe dans ce truc, mais ça vaut le coup ! Comme il arrivait du bureau où, pour une fois, d'après ce que j'ai pu comprendre, il avait renoncé à faire des heures supplémentaires rien que pour dîner avec ma pomme (très flattée, la pomme en question), Mister Harvard portait un costume hyper bien coupé, style petites rayures de Savile Row, qui faisait savoir qu'il avait non seulement du goût, mais aussi du cul, une cravate violette qu'il a enlevée en s'affalant dans les fauteuils du bar, et des chaussette noires ou marine très foncé... RAS. Remonté d'un cran dans mon estime vestimentaire, j'avoue.

Conversation charmante, nous avons démarré – enfin, *j'ai* démarré – sur le scandale de la Société Générale, j'étais contente de ma trouvaille, c'était son domaine et un peu people aussi. Puis il m'a posé plein de questions sur l'officine, s'est étonné que je sois *toujours* célibataire en insistant sur le « toujours » et en m'effleurant un peu le bras... Je te préviens ma vieille, si tu caftes quoi que ce soit de ma voracité, comme tu dis, à Paulina, je t'éclate. Et si tu lui dis que j'ai failli arriver à son anniv avec deux mecs en concurrence rencontrés la même semaine, alors là c'est simple... t'es carrément morte. Je balance dans le lait de tes Weetabix un de mes cocktails, tu n'y verras que du feu et après, pouf, plus rien. Exit ! Noooon. Je plaisante (vengeance pour ton allusion à la mise à niveau, ce n'était vraiment pas drôle !).

Quoi qu'il en soit, je n'ai même pas eu besoin de verser la moindre substance dans notre dernier verre, que nous avons pris chez lui. Un très bon bourbon qu'il a préparé « old fashioned », avec un peu de sucre, plein de glace et un trait d'angostura bitter.

Il ne s'est rien passé le premier soir. Je crois bien que cette fois-ci, ma chérie, c'est le bon !

PS : Le deuxième soir non plus

PPS : Plus j'y pense, plus ça me fait marrer cette histoire de pape avec des mules. Tu imagines un peu ? Surtout avec une houppette en cygne sur le dessus. Tu devrais demander à ton photographe de creuser le sujet.

PPPS : Déj demain ?

----

5 octobre 12 h 30
De : Emma@artproject.com
À : Candice@pharmamax.com
Objet : Déj

Tout ça pour *ça* ? J'ai bien l'impression de m'être fait avoir et d'avoir dépensé une recette pour rien, hein. Elle n'est même pas croustillante, ton histoire. Tu as juste dîné avec le frère d'une copine, tu parles d'un l'Oréal ! Tu as intérêt à donner un peu plus de détails la prochaine fois, débrouille-toi pour en avoir, ou inventes-en, tiens, qu'on s'amuse un peu. Parce que sinon, quand tu voudras une recette, ben... faudra pas compter sur moi, ma vieille.

Peux pas déjeuner aujourd'hui. Je vais au Cirque avec Mark. Ouh là ! D'ailleurs, il faut que je file ! C'est quand, le troisième soir ?

PS : Merci pour le paquet, je commence la Xénadrine après le déjeuner ! Le Viagra, ce n'était vraiment pas nécessaire, tu sais ! C'est même limite vexant.

PPS : Même pas limite, d'ailleurs. C'*était* vexant.

----

6 octobre 16 h 20
De : Candice@pharmamax.com
À : Emma@artproject.com
Objet : Troisième soir

C'était hier !

----

6 octobre 16 h 22
De : Emma@artproject.com
À : Candice@pharmamax.com
Objet : ?

Qu'est-ce qui était hier ?

----

6 octobre 16 h 24
De : Candice@pharmamax.com
À : Emma@artproject.com
Objet : Ben devine !

Le troisième soir. C'était hier.

----

6 octobre 16 h 25
De : Emma@artproject.com
À : Candice@pharmamax.com
Objet : Re : Ben devine !

Ah…

----

7 octobre 11 h 40
De : Candice@pharmamax.com
À : Emma@artproject.com
Objet : Je me demande s'il ne serait pas un peu pédé

Pff… excuse-moi, je n'avais pas très envie d'en parler hier. Surtout avec toi qui étais allée te taper la cloche avec ton photographe. Je crois que je suis jalouse, si tu veux tout savoir. Non… j'exagère, pas de ça entre nous, je suis contente pour toi, mais… tout de même, j'ai ressenti un petit pincement. Tu sais, un petit tourniquet du plexus, qui empêche l'air et les aliments de passer et donne une mine de déterrée faute d'oxygénation des tissus ?

Je me pose la question : pourquoi ton histoire avec Mark marche-t-elle aussi bien, toi qui n'as pas vraiment d'expérience, ni de stratégie ? Et pourquoi la mienne, si l'on peut appeler ça une « histoire », avec Mister Harvard… ne démarre-t-elle toujours pas ??? Trois fois que nous sortons dîner, qu'il est tout ce qu'il y a de plus charmant, de plus prévenant et crois-moi, c'est si rare que je sais y être sensible. Trois fois qu'il m'emmène dans les meilleurs endroits et que nous nous séparons à pas d'heure après une succession infinie de derniers verres. Au fait, c'était chez moi, l'autre soir. Il s'est emparé du shaker qui trônait sur la cheminée, tu sais, celui dans lequel je mets les fleurs. Il nous a fallu un certain temps pour retrouver le dessus, heureusement au bout d'un moment, je me suis souvenue que c'était ça qui faisait office de verre à dents en ce moment, et une fois que nous avons reconstitué la bête, il a ouvert le frigo, vu des citrons verts... et ça lui a donné l'idée de nous faire une caïpirinha du tonnerre. Je ne savais pas que dans la finance, on leur apprenait aussi à faire des cocktails ! À moins que Paulina ne m'ait raconté un flan, et que son frère soit barman. Non. Ça m'étonnerait. Vu le pouvoir d'achat...

Cette fois encore, nous avons discuté jusqu'à quatre heures du matin en sirotant nos verres – et moi qui ouvrais la boutique à huit ! –, étendus côte à côte sur mon lit... Cette fois-ci, je me suis dit que les choses étaient bien engagées, quand il a été pris d'une crise d'éternuements, s'est levé brusquement, a regardé sa montre, paniqué, comme s'il allait se transformer en citrouille, et a dit qu'il devait rentrer chez lui séance tenante. Avant de partir, il a juste eu le temps de se confondre en excuses hachées (par les « atchoum » à répétition), et de dire, enfin c'est ce que j'ai cru entendre, qu'il était allergique aux chats.

Or je n'ai pas de chat à la maison.

J'en ai déduit que ça devait être aux chattes, qu'il était allergique... et donc qu'il devait être un peu pédé. Encore un ! Je suis cernée !

PS : J'en ai marre ! Pourquoi est-ce que d'habitude je ne rencontre que des nases qui n'ont qu'une seule envie, c'est de coucher avec moi... et que pour une fois que j'en rencontre un qui ne le soit pas – nase –, il n'a envie de rien ? À part picoler des cocktails en refaisant le monde...

9 octobre 10 h
De : Emma@artproject.com
À : Candice@pharmamax.com
Objet : Préliminaires (ha ! ha !)

Je rigole ! Ce n'est pas toi, l'activiste des préliminaires ? Ce n'est pas toi qui fustiges les hommes à longueur de temps, parce qu'ils ne prennent pas assez de pincettes ? Et maintenant, pour une fois que tu en rencontres un à peu près civilisé, et même carrément civilisé selon tes propres critères, tu l'affubles d'une homosexualité fort à propos, juste parce qu'il ne t'a pas encore sautée sur le râble comme tous les autres ? Mais ouvre les yeux, ma chérie ! C'est peut-être *justement* parce que c'est le bon, et qu'il le sent, qu'il n'a pas envie de se précipiter. Qui te dit qu'il n'a pas eu un petit débriefing avec sa sœur, et que celle-ci lui aurait parlé de tes prises de position franches et massives sur l'importance de faire la cour à une femme avant de la mettre dans son lit ? Parce qu'on ne peut pas dire que tu t'en sois cachée, de ta lutte pour le come back du préliminaire amoureux – je te rappelle que tu avais monté une association dont tu as été la présidente... avant qu'elle ne périclite faute de membres. Si j'ose dire. Alors arrête de te prendre le chou. Si tu veux mon avis, ton Mister Harvard, il est 1, très timide ou 2, très poli... mais en aucun cas 3, très pédé !

Patience !

PS : On ne met pas un peu de tonic, aussi, dans le bourbon old fashioned ?

9 octobre 16 h 25
De : Candice@pharmamax.com
À : Emma@artproject.com
Objet : Oui mais toi…

Oui mais toi, avec Mark...

PS : On se voit quand ?

PPS : Je ne suis pas très experte en cocktails, mais non, je ne crois pas qu'il y ait du tonic dans le bourbon old fashioned... en tout cas l'autre soir, il n'y en avait pas, ça, je peux te l'assurer !

9 octobre 16 h 28
De : Emma@artproject.com
À : Candice@pharmamax.com
Objet : Re : Oui mais toi…

Moi avec Mark, ça n'a rien à voir. C'était un coup de foudre. Pas un mariage arrangé. Si tu crois que tout le monde est comme toi, armé d'un paratonnerre... La foudre, quand elle te tombe dessus, elle te tombe dessus. Elle commence par te faire fondre le cerveau, et puis elle enflamme tout ! Et tu veux que je te dise ? C'est vachement bon !

PS : Écoute, je suis un peu bookée en ce moment (Mark !)... mais on peut déjeuner en vitesse demain si tu veux.

PPS : Je vais quand même demander à Mark s'il n'a pas une recette pour le bourbon... ça m'intrigue, cette histoire. J'étais sûre qu'il y avait du tonic ou un truc du genre dedans...

----

10 octobre 7 h 50
De : Emma@artproject.com
À : Candice@pharmamax.com
Objet : La vraie recette du bourbon old fashioned
Pièce jointe : Le Véritable Bourbon Old Fashioned de Mark

Tu as vu, j'avais raison ! Je me disais bien, aussi...

Le Véritable Bourbon Old Fashioned de Mark
Timing : moins de temps qu'il ne faut pour le dire
Ingrédients (pour un verre) :
– 4 cl de bourbon (ou de whisky),
– 1 sucre,
– 1 trait d'angostura bitter,
– eau gazeuse aromatisée (soda, limonade),
– beaucoup de glace.
Préparation : préparer la recette dans un verre à mélange. Écraser le quart d'un morceau de sucre imbibé

d'Angostura dans le fond d'un verre, avec un peu de soda.
Remplir de glace. Ajouter le bourbon et remuer.

Servir avec : une partie de jambes en l'air...

---

11 octobre 8 h 15
De : Candice@pharmamax.com
À : Emma@artproject.com
Objet : La gueule !

Écoute : je comprends que tu sois overbookée avec la nouvelle histoire d'amour qui te tombe dessus. Je comprends que, pour toi qui n'en as pas l'habitude, tu aies envie de consacrer tout ton temps à un homme. Je comprendrais même que tu annules un déjeuner, même au dernier moment et même avec moi, pour une raison *valable*. Mais je ne peux pas accepter que tu m'envoies, comme tu l'as fait hier, un sms à 12 h 45 en me disant que tu étais encore au MoMA avec ton mec et que, finalement, tu allais y grignoter un morceau avec lui. Merci d'avoir précisé « en tête à tête », mais, t'inquiète, je ne risquais pas de me pointer. Tu sais que je *déteste* l'art contemporain.

Sauf que : mue par la curiosité (je voulais voir ce que ce type a de si exceptionnel, qui justifie de planter sa meilleure amie... et de ne presque plus la voir, soit dit en passant), je me *suis* pointée. J'ai pris un brownie à la cafétéria et vous n'y étiez pas. J'ai pris un deuxième brownie avec un double expresso... et vous n'y étiez *toujours* pas. Non seulement tu me poses un lapin, mais en plus, tu me mens. Ce n'est pas cool, ma vieille ! Mais alors pas cool du tout !

Candice (déçue)

PS : Et qui plus est, tu me fais grossir !

PPS : Merci pour la recette, au fait ! Le coup de la partie de jambes en l'air, c'est vraiment de lui ou c'est de toi ? Je veux dire, tu crois que c'est un secret qu'ils se partagent entre mecs ?

----

12 octobre 11 h 10
De : Emma@artproject.com
À : Candice@pharmamax.com
Objet : Pas besoin de ça !

Si tu crois que c'est facile de construire une relation avec l'homme de sa vie ! Évidemment, tu ne peux pas savoir, tu consommes les mecs comme des Kleenex, parfois deux à la fois, exactement comme des Kleenex, je te dis... et après tu les jettes. Je suis désolée de t'avoir fait faux bond avant-hier, mais figure-toi qu'il y avait urgence ! Plus qu'urgence, même, et quand je t'aurai raconté, tu avoueras toi-même que je ne pouvais pas le prévoir. Si tu es une bonne copine, ce que je continue de croire malgré tes incessantes jérémiades (mais peut-être gémis-tu précisément parce que tu es une bonne copine et que je te manque vraiment... pauvre caille, va !), si tu es *vraiment* une bonne copine disais-je, tu seras même contente pour moi.

Avant-hier, au MoMA, devant un Rothko rose et bleu qui ressemblait étrangement à ces glaces chimiques dont les enfants raffolent, tu sais, et qui laissent la langue violette... Mark m'a demandée en mariage. C'est-à-dire, il ne l'a pas fait directement, tu sais comment sont les hommes. Pas le genre frontal. Non, il a commencé par tâter le terrain, en me suggérant de venir habiter avec lui dans son loft. Qu'est-ce que j'en pensais, est-ce que c'était une idée envisageable ? Au fond, ça ne changerait pas grand-chose, ce serait juste... comment a-t-il dit ? « Plus pratique », voilà. C'est vrai que j'ai déjà quelques affaires chez lui, et que j'y passe de plus en plus de temps, alors... Et c'est vrai que l'idée m'avait effleurée. Quand nous sommes rentrés de Miami, je m'étais dit, c'est vraiment dommage de rentrer dormir chacun de son côté. Bon. Alors j'étais là, à fixer le tableau sans rien voir, je m'imaginais déjà en train de faire quelques aménagements, et nos petits déjeuners, et les soirées télé bien au chaud sous la couette, et qui serait de quel côté du lit, et quelle chaîne de radio nous allions écouter le matin. Tout ce quotidien que nous ne connaissons pas l'un de l'autre, les petites manies de chacun, tu vois, que nous nous apprêtions à découvrir, et à partager. Je me demandais aussi comment j'allais répondre à sa proposition, sans montrer trop d'empressement pour ne pas faire la fille qui n'attendait *que ça*, mais avec l'air d'être contente, quand même. Parce que j'étais contente !

Et c'est là qu'il me cueille avec son deuxième scud. D'une traite, sans virgule, sans me regarder et juste avant de s'éclipser pour aller aux toilettes, limite nonchalant, tu vois, il me dit : « Et puis, ça vous dirait de faire une fête avec tous nos copains comme ça on pourrait en profiter pour se marier ? » Pof ! J'en suis restée comme deux ronds de flan. Alors, pardon, mais tu imagines bien que je n'allais pas le planter là en lui disant : « Ben écoute, il faut que je réfléchisse on en reparlera plus tard parce que juste là, maintenant, je dois y aller... j'ai un déjeuner avec une copine ! D'ailleurs, ça tombe bien, je vais pouvoir en profiter pour lui demander son avis. » D'où le sms... Et oui, c'est vrai, j'ai un peu honte de te l'avouer, mais... après te l'avoir envoyé, j'ai eu une trouille bleue que tu déboules et je me suis débrouillée pour que nous allions déjeuner autre part. L'histoire dit que j'ai eu raison, d'ailleurs...

Tu m'en veux ?

Emma-qui-n'a-pas-besoin-que-sa-meilleure-amie-lui-fasse-la-gueule-la-vie-même-si-elle-est-géniale-est-déjà-assez-compliqée-comme-ça !

---

12 octobre 18 h 05
De : Mark@studiomarkandco.com
À : Emma@artproject.com
Objet : Drinks

Un verre dans un endroit neutre pour parler de notre avenir ? On se retrouve au Four, à 19 heures ?

Un M... de plus en plus amoureux

PS : Et si vous portiez la petite guêpière de Miami sous votre tailleur, juste la petite guêpière ? Nous serions les seuls à le savoir...

---

12 octobre 18 h 07
De : Emma@artproject.com
À : Mark@studiomarkandco.com
Objet : Logistique

J'y serai ! J'ai plein d'idées !

PS : La guêpière, hum... j'avais imaginé autre chose...

---

12 octobre 18 h 08
De : Mark@studiomarkandco.com
À : Emma@artproject.com
Objet : Très impatient...

Autre chose... Comme quoi par exemple ?

---

12 octobre 18 h 10
De : Emma@artproject.com
À : Mark@studiomarkandco.com
Objet : Surprise !

Tu verras bien... À tout de suite !

E pour... émoustillée

---

13 octobre 11 h 05
De : Emma@artproject.com
À : Candice@pharmamax.com
Objet : Lapin

Tu m'en veux toujours pour le déjeuner de l'autre jour, c'est ça ? Ce que tu peux être soupe au lait alors !

PS : Plein de choses à te raconter ! Si Madame se décidait à sortir de sa tanière...

---

15 octobre 9 h 05
De : Candice@pharmamax.com
À : Emma@artproject.com
Objet : Mort aux mecs !

Même pas. Je ne t'en veux même pas. Enfin, aujourd'hui je ne t'en veux même pas. Vendredi, je t'aurais sans hésiter explosé la figure avec mon rouleau à pâtisserie. Ah oui ! Je ne t'ai pas dit, j'ai investi dans de nouveaux accessoires de cuisine. Bon, je me suis ruinée, ce n'est pas donné ces trucs-là, surtout quand tu veux de la qualité, mais j'en avais marre qu'il y ait toujours quelque chose qui manque lorsque je préparais une recette. Samedi aussi, je t'aurais volontiers trucidée. Et hier, il m'est arrivé quelque chose de tellement incroyable que j'ai pensé à toi et je me suis dit : c'est elle qui a raison, au fond, si elle en trouve un qui n'est pas trop tordu et qui est prêt à s'engager, qu'elle en profite. Et non seulement qu'elle en profite, mais qu'elle fasse tout pour le garder. Parce que ça ne court pas les rues, oh non !

Tu me connais, tu vas te demander comment je suis arrivée, moi, à une telle abnégation, une telle mansuétude. Prête à accepter de mettre au second plan notre amitié (ou plutôt les manifestations de notre amitié, parce que même si on se voit moins, l'amitié, elle, est toujours là, non ?), derrière l'amour d'un homme. Je te raconte.

C'est Paul. Mister Harvard, tu sais. Toujours pas conclu, toujours sur le chemin d'une solide camaraderie, presque fraternelle… au point que, mis en confiance, hier, l'enflure – parce qu'il n'y a pas d'autre mot, tu vas voir – m'a appelée au pied levé, il était en bas de chez moi et voulait que nous allions prendre un verre de toute urgence. Je lui ai rétorqué que je n'étais pas pendue à un clou, mais il avait, disait-il, des choses importantes à me confier, et qui ne pouvaient pas attendre. Bingo, ai-je pensé, le voilà qui se décoince... et, j'avoue, ton histoire m'avait rendue rêveuse et romantique, donc j'ai attrapé mon manteau en vitesse, regonflé mes cheveux avec les doigts et appliqué un nuage de poudre avant de claquer la porte. Et, tout en descendant l'escalier aussi calmement que possible, je commençais à rêver d'une bague – ou au minimum un bouquet, aussi gros qu'allait être sa déclaration. J'aurais dû penser qu'un bouquet, surtout un gros, il l'aurait fait livrer, ou l'aurait monté lui-même mais bon... dans ces cas-là, on ne réfléchit pas vraiment. On perd un peu ses moyens.

Mon état en ouvrant la portière : mouillé mouillé. Les yeux, les aisselles, et le reste... Si bien que j'ai failli m'effondrer sur les genoux de la fille assise sur le siège passager. « Sharon, je te présente Candice, tu sais, l'amie dont je t'ai parlé », l'autre continue sans se démonter. « Candice, voilà Sharon... ma fiancée. Je lui ai dit tellement de bien de toi qu'elle voulait *absoooolument* te rencontrer ! » Un *« absoooolument »* de gonzesse, tu sais quand elles se congratulent mutuellement sur le talent de leur chirurgien esthétique et le dosage parfait de leur botox (« ma chérie, tu as une mine *absoooolument* splendide ! »)... tu vois le genre.

Je ne te dis pas la claque !

Candice-GRRRRRRR

PS : Alors ça y est, c'est décidé ? Tu emménages vraiment chez Mark ?

----

15 octobre 14 h 20
De : Emma@artproject.com
À : Candice@pharmamax.com
Objet : Homme sweet homme

Emménager est un bien grand mot, j'ai juste pris quelques marques, mais, oui, ça y est, c'est fait ! Avant-hier. La veille, nous avons réglé les derniers détails autour d'un verre, dans un endroit que tu aimes bien, le bar du Four Seasons. Très bonnes, leurs frozen margaritas, j'ai pensé à toi ! Nous avons méticuleusement abordé toutes les questions logistiques, embêtantes à poser si on ne les a pas évacuées avant, du genre qui paie quoi, qui remplit le frigo, qui fait les courses pour la maison, comment on fait pour les vacances, le loyer, les charges, les impôts, les sorties, ce genre de choses... Il est hors de question qu'à mon âge, je me fasse entretenir par un homme. Et pas question non plus de se polluer le quotidien avec des questions de fric. Il a refusé de partager le loyer, de même qu'il n'a pas paru très chaud lorsque je lui ai proposé de lâcher nos deux appartements pour n'en prendre qu'un, plus grand, à nous. Il a objecté que, le temps de chercher et de trouver quelque chose qui nous conviendrait, de faire les travaux, parce qu'il y a *toujours* des travaux à faire, il ne faut pas se leurrer, ce serait trop long. Il n'a pas tort. Surtout si nous devons nous marier en mai. Mark estime qu'il n'y a qu'un seul mois pour convoler, c'est le mois de mai. Et puis, il est très bien, son loft. On pourra éventuellement essayer de trouver autre chose plus tard, mais ce sera difficile de faire mieux ! Du coup, le loyer reste à sa charge – ce qui, entre toi et moi, m'arrange un peu parce qu'en ce moment, avec la nouvelle galerie qui me coûte une blinde, côté pépètes, ce n'est vraiment pas la joie –, mais il est d'accord pour faire moitié-moitié pour tout le reste. Mon honneur de femme libérée est sauf. Le deal me paraît convenable, qu'est-ce que tu en penses ?

D'autant qu'il accepte de me laisser la moitié de son dressing et de débarrasser un coin du salon pour que j'y installe mon bureau. Enfin, mon bureau... L'annexe de la galerie pour les week-ends et les « after hours ». Quand je travaille avec l'Europe ou l'Asie, les horaires sont complètement inversés. Il faut bien que j'opère de quelque part, et la maison est non seulement l'endroit le plus agréable, mais aussi le plus approprié. Surtout avec un sex-symbol consentant dans les parages. Bon, la question de savoir où j'allais poser mon ordinateur a été un peu sensible, parce que Mark est *très* maniaque pour tout ce qui concerne la déco, et qu'un ordinateur 1, c'est moche et 2, c'est comme le gruyère dans les pâtes... ça fait des fils. Il a essayé de me convaincre de changer mon gros PC pour un portable, mais ce n'est pas pratique. Pour voir les œuvres, j'ai besoin d'un grand écran, moi !

Enfin, c'est passé. Quand il a compris que l'ordinateur faisait partie du package, il n'a plus insisté. Voilà. Deux nuits que je dors chez lui... enfin, chez nous... dans mes propres draps. Parce que les siens, avant moi, on ne sait pas trop ce qui s'y est passé, hein ? Sans avoir l'impression d'être invitée... ça fait bizarre.

PS : Et elle est comment, la pouf ?

15 octobre 15 h 15
De : Candice@pharmamax.com
À : Emma@artproject.com
Objet : La pouf…

Un thon ! Un thon anorexique d'un mètre soixante-quinze, assise sur une longue crinière de cheveux si blonds que la couleur a l'air vraie. Des jambes encore bronzées dans des cuissardes de daim noires, même pas vulgaires et pourtant, avec des cuissardes noires, l'exercice est loin d'être évident ! Maquillage nude, un manteau noir, fermé, tout simple, et des gants en cuir souple... La classe, tu vois, la vraie classe dont on rêve toutes, l'air de ne pas y toucher. Comme si elle était tombée dedans quand elle était petite. Et moi je me suis sentie comme une merde : grosse, insipide, abandonnée. Pharmacienne. Et terriblement ordinaire.

Et quand, à la deuxième frozen margarita (parce que pour couronner le tout, nous sommes retournés au Four, moi qui avais déjà décidé que ce serait notre endroit à nous tout seuls !), elle a parlé de son boulot de trader et du deal qu'elle venait de conclure avec le plus gros sucrier cubain, j'ai dû prendre sur moi pour que le cocktail ne me sorte pas par les trous de nez tellement j'ai failli m'étrangler. J'en aurais pleuré !

C (qui songe à devenir lesbienne, si, si, je te jure... je vais vraiment finir par considérer la question sérieusement)

---

15 octobre 15 h 20
De : Emma@artproject.com
À : Candice@pharmamax.com
Objet : Dans le thon tout est bon...

... c'est ça le problème. Hum...

---

15 octobre 15 h 21
De : Candice@pharmamax.com
À : Emma@artproject.com
Objet : Très drôle !

Oui, alors écoute, si c'est pour me dire des choses pareilles, je crois que je vais devoir me passer de tes encouragements. Si tu pouvais m'épargner ton humour bas de plaf, ce serait sympa. Je n'ai vraiment pas la tête à ça en ce moment !

---

17 octobre 22 h 45
De : Candice@pharmamax.com
À : Emma@artproject.com
Objet : Bonjour le support moral

T'es là ?

---

18 octobre 11 h 25
De : Emma@artproject.com
À : Candice@pharmamax.com
Objet : Re : Bonjour le support moral

Oui, oui, je suis là. C'est juste qu'avec Mark, on est en pleins travaux de peinture. Je l'ai convaincu de baisser d'un ton le pantone des murs de la chambre, afin que je puisse y accrocher les photos d'un artiste sud-africain que j'adore. Sur la couleur actuelle, elles ne rendent pas, c'est trop foncé. Du coup, je suis passée chez Farrow and Ball acheter la bonne peinture, j'ai montré à Mark comment on se servait d'un rouleau et hop ! On s'y est mis tous les deux. Je ne te dis pas la rigolade ! En plus, c'est rien à faire. À force de repeindre les murs de la galerie à chaque accrochage, je commence à avoir l'habitude !

C'est ton histoire à toi qui m'a complètement désarçonnée. Je ne sais pas quoi te dire, ma pauvre chérie. Un type qui amorce une relation avec une fille pour finalement lui présenter sa copine, c'est comment dire... carrément malsain, si tu veux mon avis. Comme si, avant de se marier, le mec avait besoin de se rassurer, de se rendre compte qu'il pouvait toujours séduire, comme ça, d'un claquement de doigts. Sans passer à l'acte, mais juste pour voir s'il pouvait t'avoir. Moi, je trouve ça vraiment, mais alors vraiment, dégueulasse.

Réconfort 1: ce type est un sale con et tu n'as pas de regrets à avoir.

Réconfort 2 : et elle ne va pas se marrer tous les jours, sa limande, avec son gus !

C'est aussi l'avis de Mark, d'ailleurs... Déj ?

---

18 octobre 11 h 29
De : Candice@pharmamax.com
À : Emma@artproject.com
Objet : Déj

Ah oui bonne idée. J'ai déjà faim.

Où ça ?

---

18 octobre 11 h 30
De : Emma@artproject.com
A : Candice@pharmamax.com
Objet : Re : Déj

La cafèt du MoMA ? Après, on peut jeter un œil à la rétrospective Giacometti si tu as le temps...

---

18 octobre 11 h 35
De : Candice@pharmamax.com
À : Emma@artproject.com
Objet : OK...

Va pour la cafèt, mais pas l'expo ! Toutes ces femmes squelettiques qui ressemblent aux plus millésimées de mes clientes, ça me déprime. Surtout lorsque l'on vient de s'empiffrer de brownies avec une montagne de chantilly... Non, franchement, l'idée de me balader dans une pub pour Xénadrine, très peu pour moi. Ils n'ont pas autre chose, en ce moment ?

---

18 octobre 11 h 37
De : Emma@artproject.com
À : Candice@pharmamax.com
Objet : Plan B

Si, ils ont autre chose. Ils ont Calder. Mais tu vas trouver ça trop contemporain, et trop maigre, aussi... Les mobiles aériens, les grands oiseaux, les sculptures au ventre en ressort. Si tu cherches les grosses « Nanas » de Niki de Saint-Phalle pour te remonter le moral et te déculpabiliser quand tu avales des brownies, tu ne vas pas les trouver. Elles sont en tournée à Venise, en ce moment. Avec les caniches de Jeff Koons et les grosses vaches au formol de l'autre, là... comment s'appelle-t-il, déjà ? Ah, oui. Damien Hirst. À propos, je ne t'ai pas raconté ? Il paraît qu'ils ont plein de problèmes avec ça, à Venise. À cause du formol. Ce n'est pas stable, et avec tous les visiteurs, on craint des réactions chimiques. Tu imagines, si les vaches explosaient ? Ce ne sera plus du Hirst, ce serait carrément du Gélitin !

Écoute, on n'a qu'à se retrouver là-bas vers 12 h 30, on déjeune tranquillement toutes les deux, entre filles, et s'il reste du temps, après, je ferai peut-être un tour du côté des Giacometti. Et ne t'inquiète pas : je ne t'en voudrai pas si tu refuses de m'accompagner. Et même : je comprendrai.

Ça te va ?

E-qui-commence-à-avoir-les-crocs

18 octobre 11 h 40
De : Candice@pharmamax.com
À : Emma@artproject.com
Objet : Deal

On fait comme ça ! À tout à l'heure !

PS : Bon, Giacometti... peut-être que j'irai quand même... histoire de me cultiver un peu...

---

19 octobre 12 h 54
De : Mark@studiomarkandco.com
À : Emma@artproject.com
Objet : Couleurs...

Juste un petit mot avant de reprendre le shooting...

J'adore la couleur que vous avez donnée à notre chambre, Emma. J'adore les couleurs que vous donnez à nos matins. J'adore la couleur que vous donnez à ma vie.

À ce soir ! À ce soir !

Votre M

---

20 octobre 8 h 35
De : Candice@pharmamax.com
À : Emma@artproject.com
Objet : Notre déj

Merci ! C'était vraiment cool de déjeuner entre filles, ça fait combien de temps qu'on ne l'avait pas fait, déjà ? Depuis que tu es maquée, hum... bientôt *sept* semaines, tu te rends compte ! Aucune de mes aventures n'a duré aussi longtemps. Bon, j'ai promis de ne pas être jalouse, je vais essayer de m'y tenir !

En fait, je suis très heureuse – pour toi – que tu aies emménagé avec Mark et accepté de te marier avec lui. Tu as vu, j'en parle comme s'il faisait déjà partie de la famille ! Quand on a trouvé le bon, je te le répète ma cocotte, mieux vaut ne pas le lâcher. Si moi je suis obligée d'en essayer plein, c'est que je ne suis pas encore tombée sur le match idéal. Et c'est fatigant, je t'assure. Toujours être au top, toujours en forme, souriante, pour des rendez-vous dont, parfois, au bout de dix minutes, tu t'aperçois qu'ils n'iront nulle part, ou que toi, tu n'as envie d'aller nulle part avec le type que tu as en face de toi. Et après, il faut encore se taper le dîner, et la conversation insipide, voire lourde, d'un déjà rayé de la carte, mais qui ne le sait pas encore et à qui il faut que tu le dises. En plus ! En priant pour qu'il comprenne du premier coup, parce qu'il y en a, pour s'en débarrasser, ce n'est pas de la tarte, tu peux me croire. Sans parler des autres, ceux au contraire avec lesquels tu aimerais bien faire un bout de chemin, mais ce sont eux qui ne veulent pas... Alors faire la bonne pioche quasiment du premier coup, c'est inestimable. Profites-en, ma vieille ! Vraiment, je suis contente pour toi.

D'ailleurs, il va falloir que tu me le présentes, hein. Pour me permettre d'assortir le string que je porterai le jour de vos noces à la couleur de ses yeux... non, je déconne ! Mais je meurs d'impatience de le voir en chair et en os, ce lascar.

Et puis s'il a un copain... Tu sais quoi, je crois que je vais faire comme toi. Je vais me mettre au sport. Après tout, les salles de gym, ce n'est pas plus mal qu'ailleurs pour faire des rencontres. Tu en es la preuve vivante et rayonnante. Et ça ne peut pas me faire de mal. Le sport. J'aurais peut-être moins envie, en fin de journée, de faire péter le lifting de certaines de mes clientes. Ou de leur exploser leurs grosses lèvres siliconées, comme du plastique à bulles, tu sais… plop, plop !

PS : T'installer avec Mark c'est une chose, mais tu ne crois pas que décider de se marier au bout de seulement *sept* semaines, c'est un peu short, non ?

---

23 octobre 11 h 50
De : Emma@artproject.com
À : Candice@pharmamax.com
Objet : Occupe-toi de tes fesses…

… même que, dans ce domaine, je suis prête à t'aider ! Mais pour ce qui est de te présenter Mark, alors là, ma vieille… tu peux toujours courir. Tu ne le verras pas avant que je lui aie passé la bague au doigt. Et j'ai trouvé le moyen : mariage civil dans l'intimité avec juste la famille, ce qui, de mon côté, va être vite vu étant donné que je n'ai plus de père et que je n'adresse plus la parole à ma mère. Juste sa famille à lui, donc. Et personne d'autre, pas d'amis, pas de copains, quant aux témoins… c'est lui qui s'occupe de tout. Je lui ai juste demandé de ne pas prendre une de ses ex… Et un mois plus tard, grande fiesta, où tu es invitée bien sûr… Mais à ce moment-là, Mark et moi serons déjà mariés !

Tu dis que tu plaisantes, mais je sais que tu es parfaite- ment capable de plonger tes yeux dans les siens pour y assortir effectivement la couleur de ta petite culotte, et même de le lui faire constater. Je te connais, surtout quand tu es désespérée comme en ce moment, et permets-moi de ne pas vouloir prendre le moindre risque. Je te fais confiance... mais pas sur ce sujet précis. Je t'ai vue à l'œuvre !

En revanche, pour ce qui est du sport, et donc de la meilleure manière pour toi de t'occuper *effectivement* de tes fesses, je suis prête à t'inviter à la salle de gym pour une séance d'essai de *tous* les appareils, avec *tous* les coachs mâles. Malgré tes menaces, je pense que nous pouvons laisser de côté les filles pour le moment. Ton cas n'est pas à ce point désespéré ! Et, dans ma grande largesse d'âme et de cœur, j'irai même jusqu'à te parrainer. Après, tu te débrouilles. Tu es grande.

Qu'en dis-tu ?

---

23 octobre 13 h 10
De : Candice@pharmamax.com
À : Emma@artproject.com
Objet : Bien le bonjour de mes fesses

Ok d'accord pour l'offre sportive. Suis un peu déçue pour le calendrier des présentations quand même, mais bon... Il est vrai que je ne me suis pas toujours montrée sous mon meilleur jour ! Et oui, à ta place, moi aussi, j'aurais peur !

Tu fais quelque chose pour Halloween ?

24 octobre 22 h 20
De : Emma@artproject.com
À : Candice@pharmamax.com
Objet : Le temps des citrouilles

Mark et moi allons trois jours au Mexique. Il paraît que c'est fantastique, la fête des morts, là-bas. Les cimetières sont constellés de petites loupiotes et toutes les familles viennent faire la bomba autour des tombes.

Et toi, tu fais quoi ?

---

25 octobre 10 h
De : Candice@pharmamax.com
À : Emma@artproject.com
Objet : Solo de citrouille…

… la citrouille devant ma télé. Tu vas voir qu'à force de regarder les pubs, je vais me transformer en bagnole. À moins que je ne me trouve un enchanteur d'ici là. Mais je n'y crois pas trop ! Salle de sport à ton retour alors. T'as vraiment trop de chance, ma vieille ! Baisers orange. Bouh !

Candice-qui-rit… orange

PS : En parlant de choses orange, je me demande si je ne vais pas aller voir *Le Roi Lion.*

---

26 octobre 00 h 35
De : Emma@artproject.com
À : Candice@pharmamax.com
Objet : Re : Solo de citrouille…

Mais tu ne l'as pas déjà vu trois fois, *Le Roi Lion* ? Bon poids ?

---

26 octobre 10 h 10
De : Candice@pharmamax.com
À : Emma@artproject.com
Objet : Le Roi Lion

Ah ! Ne me parle pas de poids. Je viens encore de faire exploser le bouton de mon jean en essayant de rentrer dedans, allongée sur la moquette, pleine de crème pour le corps. Histoire de faciliter l'opération. Si j'avais une balance, je crois que je la jetterais par la fenêtre. Heureusement pour les passants que je n'en ai pas. Tu imagines : « Alors qu'elle promenait son chien, un caniche abricot dont elle venait juste de refaire la couleur pour les fêtes de Halloween, une femme s'est fait tuer par un pèse-personne qui tombait du ciel. À l'heure qu'il est, le (ou plus vraisemblablement la) propriétaire de l'arme du crime n'a pas été retrouvé... » Ça ferait désordre, quand même !

Pour ce qui est du *Roi Lion,* tu as une très bonne mémoire. Je l'ai déjà vu trois fois... quatre, si tu comptes aussi la fois où je l'ai vu à Londres. C'était moins bien qu'à Broadway, j'ai trouvé. Moins tonique. Pourtant, les deux petits, tu sais, Simba et sa copine, étaient formidablement interprétés. J'adore cette comédie musicale, c'est ma préférée. Et par les temps qui courent, dans ma jungle affective, c'est le seul moyen qui me reste de m'entendre dire *« Can't you feel the love tonight... »* Je te raconterai !

Bouh !

26 octobre 10 h 14
De : Emma@artproject.com
À : Candice@pharmamax.com
Objet : Bouh toi-même !

Même pas peur !

Bouh !

- -

NOVEMBRE

5 novembre 11 h 05
De : Emma@artproject.com
À : Candice@pharmamax.com
Objet : Mexico, Mé-héxiiiiiii… co !

Chicachicachic… aïe aïe aïe ! Bon, j'arrête. Salut ma grande citrouille, comment s'est passé ton week-end des morts ? Pas trop mort quand même, j'espère ! Moi, eh bien… c'est simple, c'est moi qui suis morte. Rétamée. Allongée. Si j'avais su que Mark connaissait tout le monde là-bas, j'aurais pris du ginseng avant de partir. Au fait, ce serait pas mal que tu m'en mettes une ou deux boîtes de côté, juste au cas où il me referait le coup, cet animal.

C'était la fiesta non stop, et la fiesta mexicana, surtout le *día de los muertos*, inutile de te dire, ma chica… c'est quelque chose ! La margarita coulait à flots… oups !

77

Sorry… Et tu sais pourquoi ? Ils font des offrandes à leurs défunts, ils leur donnent des fleurs orange grosses comme des citrouilles, des bougies, des cigarettes, des têtes de mort avec leur nom dessus en bonbon ou en chocolat, qu'ils ne se gênent pas pour manger, d'ailleurs. Et surtout, ils leur offrent des bouteilles de tequila par wagons, pas fous, les guêpes, qu'ils boivent pur ou transformé en margarita… à leur santé ! À la *suerte de los muertos* (vise un peu mes progrès dans la langue de Cervantès, ma chica !). Tu imagines l'ambiance ! Olé olé !

---

5 novembre 11 h 10
De : Candice@pharmamax.com
À : Emma@artproject.com
Objet : Ne m'en parle pas…

Ni de ton week-end, ni de ta fiesta, et encore moins de la margarita, ça me rappelle des mauvais souvenirs. Et la seule pensée de l'alcool en ce moment me donne envie de courir m'enfermer dans la salle de bains. Il faut dire que j'ai un peu abusé, ces derniers jours. Il n'y avait plus une place pour *Le Roi Lion,* alors il a bien fallu compenser. Je me suis fait un vrai petit week-end déprime à la Bridget Jones. Sans sortir de la maison, sans même me laver ni m'habiller, à siroter du vin blanc en regardant la saison 6 de *24 heures*. Toute seule, hein, évidemment. En priant pour que Suth n'ait pas les yeux qui se baladent hors du cadre de l'écran, tu sais, comme quand on voulait se faire nos masques au concombre.

Et quand la saison 6 a été terminée, je me suis fait tous les *Desperate Housewives* à la queue leu leu. *Tous.* Toujours toute seule, mais à ce stade, il valait mieux. Pas besoin de me déguiser pour ressembler à une sorcière. C'était Halloween en live, chez moi. Il y avait même de vraies toiles d'araignées. Vu la taille, et la quantité d'insectes morts prisonniers à l'intérieur, elles devaient être là depuis longtemps. Je ne comprends d'ailleurs pas pourquoi ces bestioles font leur marché, stockent tout le monde dans leurs filets pour, ensuite, s'en désintéresser complètement. C'était tout sec, là-dedans. À moins que ce ne soit fait exprès : peut-être les araignées préfèrent-elles la nourriture lyophilisée. Comme les cosmonautes. Elles marchent bien au plafond, elles aussi !

Enfin. Je savais bien que j'avais une bonne raison de me racheter un balai. Ce que j'ai fait hier. J'ai pris une douche (deux, en fait, tellement je me sentais sale), j'ai mis un jean propre, un pull et des bottes, et je suis sortie refaire mon stock de produits d'entretien. Et en rentrant, hop ! j'ai enfilé un grand tee-shirt, noué mes cheveux dans un bandana, et récuré mon appartement de fond en comble. J'y ai passé des heures. Mais ça valait le coup. Tu n'imagineras jamais tout ce que j'ai retrouvé : une carte bleue, deux trousseaux de clés, de quoi reconstituer un paquet entier d'Oreo, le CD d'Otis Redding que je cherchais partout... Maintenant, tout est nickel. C'est simple, si les fées existaient, on les verrait voler (tu connais la pub !).

Bon. Retour à la vraie vie. Comme je te connais, tu as dû pas mal abuser du guacamole et des tortillas de maïs... C'est peut-être le moment de faire un petit tour à la gym, non ?

PS : Tu n'aurais pas une recette ?

7 novembre 13 h 30
De : Emma@artproject.com
À : Candice@pharmamax.com
Objet : Gym kilo

Hello ma citrouille ! OK, c'est décidé, je t'emmène au club demain. Il m'a fallu deux jours pour me remettre de mon week-end, et d'une question que Mark vient de me poser et dont il faut que je te parle asap. Pour la faire courte, il aimerait que nous fassions un bébé. Je l'adore, l'idée de me marier avec lui me rend folle de bonheur... Mais faire un bébé, là, tout de suite, ça ne te paraît pas un peu prématuré ? Avec l'ouverture de la galerie et tous les projets d'expo jusqu'en 2010, je ne me vois pas en plus avec un Gnafron.

Pourtant, il a des arguments, Mark : il dit que ce n'est pas parce qu'on va le décider que ça va marcher tout de suite (ce en quoi il n'a pas tort, regarde Mélanie comme elle galère, et cette pauvre Laura, qui n'est toujours pas enceinte au bout de trois ans et pense avoir recours à la FIV), et que dans la mesure où je suis la femme de sa vie et lui l'homme de la mienne (je le pense profondément, simplement, depuis que j'ai eu le malheur de le lui dire, il semble que cela lui ait donné des ailes), pourquoi attendre ?

PS : Une recette de quoi ?

7 novembre 15 h 15
De : Mark@studiomarkandco.com
À : Emma@artproject.com
Objet : Petit cadeau sous l'oreiller…

Je suis passé à la maison en coup de vent toute à l'heure, mon Emma, il y avait encore des effluves de votre parfum. Juste pour glisser sous l'oreiller un petit cadeau qui devrait vous plaire. Vous pouvez l'ouvrir, mais… ce n'est pas pour maintenant. C'est pour plus tard. Je suis sûr que vous le porterez à merveille ! Vous embrasse torridement. En attendant ce soir !

Un M… que l'amour rend impatient

7 novembre 15 h 19
De : Emma@artproject.com
À : Mark@studiomarkandco.com
Objet : Merci, merci, merci !

Mark, il ne fallait pas ! Je meurs d'impatience de rentrer à l'appartement pour défaire le paquet. Je ne vais pas pouvoir me concentrer, maintenant !

Merci, aveuglément…

Emma qui te sourit

8 novembre 00 h 10
De : Emma@artproject.com
À : Candice@pharmamax.com
Objet : La blague !
TR : Mail de Mark à Emma

Qu'est-ce qu'on répond à un homme qui vient de vous glisser sous l'oreiller, avec ce mail d'accompagnement, un push-up en dentelle noire et rubans de chez Victoria's Secret en 95 E ?

« De : Mark@studiomarkandco.com
À : Emma@artproject.com
Objet : Petit cadeau sous l'oreiller...

Je suis passé à la maison en coup de vent toute à l'heure, mon Emma, il y avait encore des effluves de votre parfum. Juste pour glisser sous l'oreiller un petit cadeau qui devrait vous plaire. Vous pouvez l'ouvrir mais... ce n'est pas pour maintenant. C'est pour plus tard. Je suis sûr que vous le porterez à merveille ! Vous embrasse torridement. En attendant ce soir !

Un M... que l'amour rend impatient »

PS : Réponds vite, je me suis enfermée dans les toilettes avec mon Blackberry et je ne vais pas pouvoir y rester des plombes, sinon il va s'inquiéter !

----

8 novembre 00 h 12
De : Candice@pharmamax.com
À : Emma@artproject.com
Objet : Re : La blague !

1, que quand on fait du 95 E, on peut zapper sur l'effet push-up.

2, que ce n'est pas en quatre jours qu'une femme, même guacamolée à mort, prend une taille et deux bonnets de soutif.

3, que c'est un gourmand.

4... oh merde ! Je viens de comprendre ! Je n'avais pas lu son mail. Il te dit que c'est pour plus tard...

8 novembre 00 h 15
De : Emma@artproject.com
À : Candice@pharmamax.com
Objet : Bébé

C'est à ça que tu penses, toi aussi ? Il veut que je porte ce truc quand je serai enceinte ? Sauf que je ne suis pas près d'y être, enceinte, moi. Je fais quoi ?

8 novembre 00 h 17
De : Candice@pharmamax.com
À : Emma@artproject.com
Objet : DODO !

Pour l'instant, tu ne t'énerves pas, et surtout, tu ne fais rien. Ou si : tu sors des toilettes, tu planques ton Blackberry et tu vas embrasser ton jules en faisant la fille contente de son cadeau. Tu vas te coucher et on en parle demain – enfin, tout à l'heure, tu as vu l'heure qu'il est ? – à la gym. OK ? En fait, c'est plutôt mignon, comme attention ! Et puis la dentelle noire et les rubans de Victoria's Secret, pour un soutien-gorge de maternité, il y a pire, non !

9 novembre 9 h 09
De : Candice@pharmamax.com
À : Emma@artproject.com
Objet : Aïe !

Ouh là, je ne peux plus bouger. Et dire qu'il va falloir que je rampe jusqu'à la pharmacie, je me demande comment je vais faire.

Salut, au fait ! Elle est top, ta salle de sport, la vue sur la cinquième est époustouflante, et je ne parle même pas du coach qui m'a prise en main... aïe ! Un bourreau, le type, mais foutu comme il est, j'imagine qu'il doit y en avoir plein qui seraient prêtes à développer un bon syndrome de Stockholm de derrière les fagots... ouille ! Pardon, je viens de décroiser les jambes et... Oh la vache ! J'ai mal ! Le simple fait de pianoter sur le clavier me tire des larmes de douleur... Bon, écoute, il faut que j'arrête, là... je t'écris plus tard !

PS : N'essaie pas de m'appeler, j'ai un torticolis qui rend les communications comment dire... difficiles !

PPS : Et n'oublie pas la recette de margarita ! Ne me dis pas que ton Mark, gourmand comme il est, n'a pas rapporté de votre escapade mexicaine la vraie recette de margarita. Je veux bien que tu me la donnes, je devrais encore avoir la force d'appuyer sur le bouton du mixer... mais à peine !

PPPS : Je ne vais jamais arriver à aller travailler, moi... Dans l'état où il m'a mise, le bougre. Aïe !

```
9 novembre 10 h 25
De  : Emma@artproject.com
À  : Candice@pharmamax.com
Objet : J'ai mal pour toi...
Pièce jointe : La Véritable Frozen Margarita de Mark
```

... En attendant de trouver un mâle pour toi ! Haha, elle est bien bonne, celle-là. Tu as beaucoup de chance d'être tombée sur Sean, c'est un des meilleurs coachs du club. Bon, j'aurais dû te prévenir, il a un peu la fâcheuse habitude de s'imaginer que toutes ses clientes ont une musculature en béton, alors que c'est précisément parce que ce n'est pas le cas qu'elles sont là. Mais tu verras, tu es entre de bonnes mains. Ce que je veux dire, c'est que, si tu es suffisamment motivée (et normalement, la plastique irréprochable de Sean est un bon élément de motivation), tu devrais recommencer à voir tes pieds d'ici un mois... et ta touffe dans trois. Non je plaisante ! Tu n'es pas ventrue *à ce point*, ma pauvre chatte. Mais sérieusement, si tu suis les conseils de Sean à la lettre, tu verras réapparaître tes muscles en moins de temps qu'il ne faut pour le dire. Bon, OK, tu vas souffrir un peu (beaucoup) d'ici là, mais le jeu en vaut la chandelle, non ?

Et pendant que tu t'escrimes sur les machines, au lieu de pester et de trouver le temps long, regarde autour de toi... partout, c'est le plaisir des yeux. Tous ces garçons en sueur, aaaahhh...

Ah ! Et voilà le petit remontant que tu m'avais demandé... n'en abuse pas tout de même, tu ruinerais en un seul verre tous tes efforts. La frozen de Mark est tout simplement hum... létale !

La Véritable Frozen Margarita de Mark

Timing : le temps de chanter la Paloma accompagnée d'un groupe de Mariachis en costume.

Ingrédients (pour un verre) :

– 4,5 cl tequila,

– 3 cl de jus de citron vert,

– 1,5 cl de curaçao blanc,

– glaçons,

– glace pilée.

Préparation : verser les ingrédients (sauf la glace pilée) dans un verre à mélange et remuer. Verser dans le verre à cocktail, sur un lit de glace pilée.

Servir avec : tacos et pimientos à gogos...

PS : J'ai fait comme tu m'as dit, pour le soutien-gorge. Je suis allée l'échanger, j'ai pris *ma taille...* et quand je le porterai, j'expliquerai à Mark qu'il était tellement beau que je n'ai pas eu envie d'attendre. Un cadeau, c'est pour manger tout de suite. Je lui ferai une petite séance à ma manière et le tour sera joué. Je le connais... C'est un grand, grand coquin !

----

12 novembre 12 h 40
De : Candice@pharmamax.com
À : Emma@artproject.com
Objet : Plaisir des yeux

Plaisir des yeux, plaisir des yeux, tu parles ! Ou alors, si... mais rien que les yeux ! Tu aurais pu me dire que Sean était homo ! N'écoutant que mon courage, et surtout pas mes courbatures, j'ai fait un tour à la gym hier... pour voir : 1, si je me rappelais comment on faisait marcher ce truc (en trois jours et un torticolis des neurones, il aurait été légitime que j'oublie, non ?) et 2, si Sean (ou un autre, je ne suis pas regardante... je suis désespérée) m'offrirait un jus de carotte. Et bien figure-toi que je me suis pris un de ces vents ! Je ne parle pas de la machine, ça, à part la vitesse, j'ai su gérer, à peu près. Mais ton type bodybuildé, là, viril jusqu'au bout de la toison, Sean... imagine-toi qu'il était accoudé au bar en train de rouler une pelle à une petite chose moustachue. Beurk ! Et je peux te dire que ce n'était pas ma grand-mère, avec la moustache. Non, ton Sean, ma cocotte, était en train de caresser la croupe d'un... d'un... enfin d'une vraie *flotte,* pardonne-moi l'expression, mais qu'est-ce que tu veux que je te dise !

Ben moi, ça m'a fichu un coup. À tel point que j'en suis tombée de ma machine. Le tapis continuait à se dérouler à 9 kilomètres à l'heure et moi, j'avais les jambes paralysées. Tu imagines la scène : je suis partie en arrière et je me suis retrouvée, comme une conne, sur les fesses. Par terre.

Alors oui, je l'ai eu, mon jus de carotte ! Mais c'était pour me remettre de mes futurs bleus. Tu parles d'une consolation.

PS : Aïe !

PPS : Ah oui, au fait, ne m'en veux pas... J'ai fait comme si j'étais toi enfin... le registre, je l'ai signé de ton nom. C'est une telle usine qu'ils n'y ont vu que du feu.

PPPS : Merci pour la recette, au fait ! Je l'ai testée hier soir... il fallait bien que je me remette de ce fâcheux épisode, non ? C'est quand même meilleur que le jus de carotte. Tu n'as pas une recette de tortilla, pendant qu'on y est ?

13 novembre 7 h 05
De : Emma@artproject.com
À : Candice@pharmamax.com
Objet : T'as pas à…

1, t'as pas à aller à la gym sans moi, et sans me le dire, en plus.

2, t'as pas à sauter sur les coachs : ils sont là pour nous faire *bosser*.

3, t'as pas à signer de mon nom… de quoi je vais avoir l'air, maintenant, tout le monde va croire que c'est *moi* qui me suis pété la gueule sur le tapis roulant alors que *moi*, je maîtrise !

4, t'as pas…

Que va penser Mark, hein ?

---

13 novembre 15 h 20
De : Candice@pharmamax.com
À : Emma@artproject.com
Objet : T'as pas à me parler comme ça !

Ouh ! T'as pas, t'as pas… T'es pas ma mère, eh, oh !

Bon, OK, le seul truc que *peut-être,* je n'aurais pas dû faire, c'est de signer de ton nom. C'est vrai que… ce n'est pas bien. Mais cela partait d'une bonne intention : je ne voulais pas te déranger en pleine grasse mat'. Un dimanche. Il n'y a que les célibataires comme moi pour aller se taper une heure de sport quand toutes les copines *maquées* se tapent leur mec. Je me ferais un plaisir d'échanger ta place contre la mienne, tu sais. Ou le contraire. Enfin, tu vois. À toi, le tapis roulant, et à moi… hum.

Il prend plutôt du thé ou du café le matin, ton homme ? Des croissants, des céréales ou des tartines ? Fraîches ou grillées ? Beurre doux, beurre salé ? Peanut butter ? Miel ou confiture ? J'envie tes préoccupations du week-end, tu ne peux pas savoir. Il y a tellement longtemps que je n'ai pas fait de miettes dans un lit. Avec un homme. La dernière fois, c'était avec un... attends... un teckel ! Tu te souviens du truc vaguement orange que Sam traîne partout au bout d'une laisse ? Mais si ! L'hiver dernier, on avait même essayé de le convaincre de dormir le long de la porte d'entrée, pour empêcher les courants d'air. Comme dans les chalets, tu sais ? Il n'a jamais voulu, tu ne te rappelles pas ? Même que Sofia lui avait fait boire la moitié de son verre de vodka pour l'endormir...

Toujours est-il que je l'ai gardé un week-end, après ma double rupture d'avant l'anniv de Paulina... tu me suis ? Et qu'il a profité de ce que j'avais le dos tourné (en train de me faire un chocolat chaud, en l'occurrence, toute une technique, il faut faire fondre le chocolat avant d'y ajouter le lait bouillant, et reporter à ébullition sans arrêter de fouetter pour qu'il y ait plein de mousse, c'est comme ça que c'est bon), pour piquer mon croissant et aller se réfugier avec sur mon oreiller. D'où les miettes.

Je hais les clébards !

PS : T'inquiète ma vieille, Mark n'en saura rien !

PPS : Alors, la tortilla ?

----

14 novembre 19 h
De : Emma@artproject.com
À : Candice@pharmamax.com
Objet : À propos des miettes…

Tu ne trouves pas qu'elles ont des prénoms de pouffes, nos copines ? Paulina, Sofia, Samantha…

PS : Tu parles comme il n'en saura rien… il a des oreilles qui traînent partout ! Sans parler des antennes. C'est une station parabolique à lui tout seul, ce mec !

PPS : Si je trouve une tortilla, je te l'envoie. Tu pourras même en manger avec le teckel… ça fait des bourrelets, mais ça ne fait pas de miettes…

----

15 novembre 08 h 25
De : Candice@pharmamax.com
À : Emma@artproject.com
Objet : Re : À propos des miettes…

Pardon, mais je ne vois pas très bien le rapport avec les miettes…

----

15 novembre 08 h 35
De : Emma@artproject.com
À : Candice@pharmamax.com
Objet : Re : Re : À propos des miettes…

Pardon, mais tu ne vois pas très bien le rapport entre *quoi* et les miettes ? La tortilla ?

----

15 novembre 08 h 50
De : Candice@pharmamax.com
À : Emma@artproject.com
Objet : Re : Re : Re :

Pardon, mais faut suivre, ma vieille. Je voulais parler des prénoms des copines...

----

15 novembre 08 h 55
De : Emma@artproject.com
À : Candice@pharmamax.com
Objet : Rrrrrrrr...

Ah ! Aucun rapport. Je me faisais juste la réflexion comme ça, pour les copines... Encore qu'avec des prénoms pareils, en fait... je te parie qu'elles en font plein, elles. Des miettes.

PS : Pour satisfaire ta curiosité concernant le petit déjeuner de « mon homme », Mark est plutôt chocolat chaud. Le vrai, avec les carrés que tu fais fondre dans du lait et pas le contraire... et surtout pas une de ces poudres enrichies en vitamines, en fer et en je ne sais quoi d'autre, que les parents donnent à leurs enfants déjà speedés pour qu'ils aient de bonnes notes et passent haut la main le concours d'entrée à la maternelle pour surdoués, sinon leur vie est foutue. Et tartines beurrées. Beurre salé et miel français. Il adore aussi quand je lui rapporte des croissants de chez Paul et moi ça me fait rire, et même si de la maison ça fait une trotte, j'y vais parce que tu verrais, un grand garçon comme lui tout nu sous la couette avec une moustache de cacao et des miettes de pâte feuilletée au-dessus de la lèvre, c'est juste craquant !

PPS : Toi, le chocolat, tu le fais fondre *avant* de mettre le lait ? C'est bizarre... c'est meilleur ?

----

16 novembre 12 h 10
De : Emma@artproject.com
À : Candice@pharmamax.com
Objet : Tortillahaaaah !!!
Pièce jointe : La Véritable Tortilla de Mark

Tu as de la chance, il en a fait une hier soir...

La Véritable Tortilla de Mark

Timing : exactement la durée du dernier CD de Manu Chao.

Ingrédients (pour 6 personnes) :

– 1 livre de pommes de terre,

– 1 oignon,

– 6 œufs,

– un peu de beurre ou d'huile d'olive,

– sel et poivre.

Préparation : émincer l'oignon, le faire revenir dans un poêle avec le beurre ou l'huile d'olive, jusqu'à ce qu'il soit doré. Éplucher et couper les pommes de terre en rondelles, les ajouter aux oignons. Mélanger. Couvrir et laisser cuire jusqu'à ce qu'elles soient parfaitement moelleuses et fondantes. Battre les œufs, saler, poivrer, et verser dans la poêle, sur les pommes de terre. Laisser prendre l'omelette, la retourner, et faire dorer de l'autre côté.

Servir chaud ou froid avec... un pichet de frozen margarita, of course !

----

16 novembre 15 h 05
De : Ian@artproject.com
À : Emma@artproject.com
Objet : Nos amis norvégiens
Pièces jointes : Rudolph 1, Rudolph 2, Rudolph 3

Hello ma chérie !

Je viens de finir mon périple scandinave par Oslo, où j'attends l'avion qui a bien entendu deux heures de retard. Et ça, c'est si tout se passe comme prévu. Mais ne t'inquiète pas, quoi qu'il arrive, je serai de retour à la galerie après-demain matin. En attendant, je ne résiste pas au plaisir de t'envoyer la dernière série de ce sculpteur animalier que nous avions repéré à Miami l'année dernière, tu te rappelles ? Je n'ai pas son nom en tête (tout est dans les bagages, et avec leur orthographe de sauvages, c'est très difficile de retenir les noms... un truc en « heu » avec leur « o » traversé par une barre, tu sais ?). Bref, j'ai fait un tour dans son atelier, il y a plein d'œuvres qui ne sont jamais sorties. Je suis certain qu'il y a un sacré coup à faire avec ce type. D'autant plus qu'il est... hum... tout à fait mon genre. Nous nous sommes très très bien entendus ! Mais il faut se dépêcher, j'ai cru comprendre que cette buse de Svvensson (encore un nom à coucher dehors !) tournait autour. Difficile de savoir

93

s'il tourne autour de l'artiste ou autour du bonhomme, mais dans le doute... je recommande de ne pas trop traîner.

Comme leurs noms l'indiquent, les images que je t'envoie sont celles de rennes. Je ne te fais passer que les trois premiers de la série, il y en a douze, c'est énorme ! Ils font chacun la taille d'un éléphant, l'idéal serait de prévoir une exposition en plein air... J'ai quelques idées sur la question, je t'en parlerai à mon retour. Là-bas, ils étaient tous dans le champ attenant à la maison de l'artiste, en bordure de la forêt lapone. C'est incroyable, ces étendues immenses près du cercle polaire ! Si j'avais su, j'en aurais profité pour prendre quelques jours de vacances, histoire de faire un peu de skidou et de traîneau à chiens. Je sais ce que tu vas me dire : la galerie est en pleine expansion, nous sommes surchargés et ce n'est pas le moment. Pour les vacances. Parfois je me demande comment tu fais pour tenir le coup. Moi, il y a vraiment des moments où j'ai besoin de décompresser. Hum... Je dis ça parce que je suis crevé. Et frigorifié aussi. Qu'est-ce qu'on se pèle, là-haut !

Sinon, j'ai réussi –enfin ! – à négocier quelque chose d'à peu près convenable avec ton type qui peint les monochromes. On devrait avoir l'exclusivité sur l'Amérique du Nord, y compris le Canada et l'Amérique du Sud, mais il n'a rien voulu céder pour l'Europe. C'est un coriace, le type. Ou plutôt, c'est son agent qui est une coriace. Ou bien c'est moi qui ne sais pas parler aux femmes, c'est possible aussi. Elle est suédoise, la fille. Et je peux te dire une chose : on dirait pas ! Petite, grosse, brunette... Elle flingue le mythe, je ne te raconte même pas ! Je sais ce que tu vas me dire : ils gardent les moches et exportent les belles. Sont cons : si j'étais à leur place, moi, je ferais le contraire.

Bon, écoute, ma choute, je te laisse. Ils sont en train de donner des infos sur le vol. Il ne faut surtout pas que je rate l'annonce en anglais, sinon je suis mort. C'est pas facile de communiquer, dans ce bled !

Profite bien des photos ma chérie ! Je te montre le reste après-demain.

Ton associé préféré, Ian

---

16 novembre 15 h 35
De : Emma@artproject.com
À : Ian@artproject.com
Objet : Bravo !

Bravo Chouchou !

Je viens d'ouvrir les images... wouaouh ! Si on arrive à dealer avec le type avant que l'horrible Svvensson ne mette ses grosses pattes dessus, on va faire un malheur ! Je te fais confiance, tu as certainement des arguments qu'il n'a pas. Je ne sais pas si tu l'as déjà rencontré en vrai, le Svvensson. Moi si, et je peux t'assurer que ce n'est pas le genre de personnage avec lequel tu as envie de prendre ton petit déjeuner. À toi de jouer, mon ange !

De mon côté, je viens de convaincre Jim Matheson d'avancer la date de son exposition à la seconde quinzaine de décembre. Je trouve que c'est dommage de ne pas profiter de la fièvre acheteuse d'avant les fêtes pour lancer un nouvel artiste. Il est un peu inquiet sur les délais, mais je crois qu'il y arrivera. Et puis je suis allée voir : il a dans son atelier quelques pièces anciennes, très belles, que nous pourrions présenter. Ce ne serait d'ailleurs pas mal du tout : ça permettrait de voir son évolution.

Bon. Je ne sais pas si tu auras ce mail avant ton retour. Je te laisse te battre avec tes avions. Bon voyage, Chouchou !

Emma

PS : Si tu arrives assez tôt pour déjeuner, je t'offre une côte de bœuf au coin de la rue. J'imagine que tu en as assez du renne séché et du gravadlax (ça, je retiens, tu as vu ?). Pour l'aquavit, je sais : c'est no limit !

- -

17 novembre 15 h 35
De : Emma@artproject.com
À : Candice@pharmamax.com
Objet : Bis ?

Non mais dis donc ! Tu as *recommencé* ? J'ai fait un tour au club à l'heure du déjeuner, et j'ai vu que... j'y étais déjà allée ce matin. Enfin, pas moi, toi. Enfin, j'imagine que c'est toi, je ne vois pas *qui d'autre* pourrait s'octroyer une telle liberté. Et tu as de nouveau « emprunté » mon nom ! Écoute, si tu veux, je te parraine, et tu te prends une cotise. Mais arrête de te faire passer pour moi, merde !

- -

17 novembre 15 h 50
De : Candice@pharmamax.com
À : Emma@artproject.com
Objet : Sorry…

… justement, j'avais l'intention de te le dire, mais tu ne m'en as pas laissé le temps. Je ne pouvais pas savoir que tu passerais à l'heure du déj… sans m'inviter, en plus !

En tout cas, merci pour ta proposition, j'imagine que c'est la seule solution, non ? Sauf que, euh… voilà, ça me gêne horriblement de te dire ça, mais je suis un peu à court en ce moment à cause des travaux d'agrandissement de la pharmacie et de l'emprunt pour mon appart alors, euh… si tu pouvais m'avancer le montant de la cotise, ça m'arrangerait. Je pourrais te le rendre en trois fois si tu es d'accord, genre janvier, février et mars. Comme ça je n'aurai plus besoin de… hum… me faire passer pour toi, parce que tu as raison, même si c'est une usine, on va finir par se faire repérer et je ne pourrai plus m'inscrire du tout.

D'autant que depuis mon incident avec Sean, il est aux petits soins pour moi. Et j'ai compris pourquoi : quand j'étais sur la machine, il m'a expliqué avec des airs de conspirateur qu'il valait mieux que ce que j'avais vu entre lui et son copain reste entre nous, parce que la direction du club misait sur son charme aussi bien auprès des mecs qu'auprès des filles, et que, si certaines « vieilles » (je cite) apprenaient qu'il était pédé, il risquait de perdre une partie de sa clientèle. « Tu comprends, elles ont toutes ce fantasme de coucher avec le coach. Alors, si elles savaient qu'elles n'ont aucune chance… », il a insisté avec un sourire entendu. Je ne te dis pas comme je me suis sentie mal !

Parce qu'à tous les coups, il a dû repérer que, moi aussi, je l'aurais volontiers tentée, ma chance. Avant.

Si tu es OK pour notre petit arrangement, j'accepte ta proposition avec plaisir. Je te filerai quelques boîtes de ginkgo biloba pour te remercier. Tu veux déjeuner demain ?

PS : Comment va Mark ?

---

18 novembre 10 h 20
De : Emma@artproject.com
À : Candice@pharmamax.com
Objet : Tu ne manques pas d'air, quand même !

Mark se porte comme un charme. Il vient de décrocher la campagne Dior, il est aux anges. Et son agent essaie de lui obtenir aussi la réalisation du film, ce qu'il n'a encore jamais fait, mais qui l'excite beaucoup. C'est vrai, c'est plus cohérent que ce soit la même personne qui shoote les deux, le spot publicitaire et la campagne, je veux dire. Pour avoir la même image, le même grain. Tu n'imagines pas à quel point la personnalité du photographe – et du réalisateur, lorsqu'il s'agit d'un film –, transparaît. Je n'avais jamais réalisé à quel point, mais c'est... troublant.

Ah, tiens ! Figure-toi que vous vous êtes loupés hier matin. Mark et toi. Il m'a dit qu'entre deux shootings, il avait eu juste le temps de passer au club en coup de vent. Heureusement qu'il n'a pas vu mon nom inscrit sur le registre, si tu vois ce que je veux dire. Jaloux comme il est, il aurait pu imaginer des trucs. Il n'aime pas beaucoup ne pas savoir ce que je fais. Il m'aurait appelée en sortant pour me demander si c'était bien, la gym, ce matin, je lui aurais dit que je n'y étais pas encore allée... il aurait cru que je lui mentais, que je lui cachais quelque chose. Tu vois la situation dans laquelle tu aurais pu me fourrer, avec tes conneries ?

Merci !

Le mariage est prévu pour le mois de mai, ça y est, on a confirmé la date avec ses parents. Mark ne leur a pas vraiment laissé le choix, en fait. C'était mai cette année, ou mai l'année prochaine, mais il n'avait pas vraiment envie d'attendre un an alors... Il tient absolument à faire un truc familial à New York, en petit comité, et plus tard une fiesta au Mexique dans l'ancienne maison d'un magnat de la presse. Les 22 et 23 *mai,* tu peux d'ores et déjà le noter dans tes tablettes. Il dit que l'endroit est sublime, et que ça lui rappelle de merveilleux souvenirs. Je ne suis pas certaine de vouloir savoir lesquels, mais bon... Je suppose qu'à nos âges, il faut savoir accepter le passé de l'homme que l'on va épouser, qu'est-ce que tu en penses ? Ou plutôt : accepter qu'il ait eu un passé. C'est comme lorsque j'ai emménagé chez lui. Au début, j'ai eu envie de tout refaire, la déco, la salle de bains, la cuisine. Brûler les draps... au cas où persisteraient, quelque part, des souvenirs des « autres », un peu tenaces. Comme des parfums trop lourds dont on n'efface jamais l'odeur. Et puis je me suis dit : à quoi bon ?

Évidemment, toi, tu n'en es pas là, tu ne peux pas comprendre, mais crois-moi, c'est dur. Surtout quand on aime comme j'aime Mark. L'idée me rend dingue !

E (jalouse... mais de qui, de quoi ?)

PS : Impossible de déjeuner aujourd'hui, je récupère mon associé qui rentre d'un périple en Scandinavie, et tout ce dont il rêve, c'est d'une côte de bœuf ! J'ai promis de l'emmener, je peux bien faire ça pour lui, le pauvre !

---

18 novembre 10 h 35
De : Emma@artproject.com
À : Candice@pharmamax.com
Objet : Au fait...

Ah oui, j'avais oublié de te dire : c'est d'accord pour notre petit arrangement. Je suis sympa, parce qu'en ce moment, je ne roule pas sur l'or, j'espère que tu en es consciente ! On peut s'occuper de ça la semaine prochaine, et en même temps, je te ferai voir la montre que j'ai l'intention d'offrir à Mark pour Noël. C'est la nouvelle Nautilus, ils viennent de la sortir. Mark adore les montres avec le mécanisme apparent, c'est quelque chose qui le fascine. Tu me donneras ton avis. Je vais m'en mettre pour une blinde, je vois ça d'ici ! Et ma robe... il faut que je m'occupe de ma robe, aussi. Mai, c'est demain !

PS : Tu ne tarderas pas trop à me rembourser, quand même ?

PPS : C'est quoi, le ginkgo truc, là ?

---

19 novembre 20 h
De : Candice@pharmamax.com
À : Emma@artproject.com
Objet : Merci

Merci ma poule ! Je te le revaudrai. Je t'offrirai du ginkgo biloba jusqu'à la fin de tes jours pour la peine. Pour ton information, le « ginkgo truc » comme tu dis, est l'arbre le plus vieux et le plus résistant du monde. On dit même qu'il y en a un qui a résisté à la bombe atomique d'Hiroshima. On utilise sa feuille, qui contient des flavonoïdes très actifs, recommandés pour soigner les troubles de la circulation, améliorer la fonctionnalité cérébrale et booster la mémoire. Et en favorisant la circulation sanguine, le ginkgo biloba est *ze* traitement contre l'impuissance. J'en sais rien, je n'ai pas testé. Mais si ton coco est intéressé...

PS : Tu te trompes quand tu dis que je ne peux pas comprendre ce que c'est que d'aimer un homme comme tu aimes Mark, et que je ne sais pas ce que c'est que de ressentir la jalousie de son passé. Ça m'est déjà arrivé, figure-toi. En fait, ça m'arrive à chaque fois : dès que je m'emballe pour un homme, je me raconte que c'est le bon et je ne *peux pas* m'empêcher de détester toutes celles qui m'ont précédée. Et de les affubler de tous les défauts. Parce que je suis persuadée qu'elles auront laissé chez lui des traces d'elles, des habitudes, des petites manies qui, pour une personne entière comme moi, deviendront vite décelables... et détestables. Moi, ce qu'il me faudrait, justement, c'est un homme sans passé. Alors tu n'imagines même pas à quel point je te comprends, ma vieille !

20 novembre 22 h 05
De : Candice@pharmamax.com
À : Emma@artproject.com
Objet : ?

Ben t'es où ?

---

22 novembre 00 h 15
De : Candice@pharmamax.com
À : Emma@artproject.com
Objet : ????

Hé, ho ! Tu pourrais répondre, quand même ? Où es-tu passée ?

---

24 novembre 07 h 55
De : Emma@artproject.com
À : Candice@pharmamax.com
Objet : Parle à ma main

Je ne te parle plus.

---

24 novembre 8 h 50
De : Emma@artproject.com
À : Candice@pharmamax.com
Objet : Grumph !

Je ne te parle plus ma vieille.

---

24 novembre 10 h 15
De : Emma@artproject.com
À : Candice@pharmamax.com
Objet : Grumph grumph !!!

Alors ça, non alors ! Non, non et non ! Si tu crois que je vais continuer à entretenir une relation amicale avec une pimbêche de ton espèce, qui insinue que l'homme de ma vie, celui avec lequel je vais me marier, est impuissant... alors que, pardon, mais c'est le meilleur coup de la création.

D'accord, tu vas dire que je n'ai pas ton expérience et que je ne peux pas juger, mais quand même ! Dans ma liste, qui tient sur une main (je ne suis pas une Shiva du sexe, moi, madame !), il arrive largement à la première place. Long, tendre, performant, et à développement durable, en plus. Qu'est-ce que tu dis de ça, hein, ma frustrée préférée ?

Bon. Pour cette fois, je te pardonne, on dira que c'est le manque qui te monte à la tête. Mais plus jamais... plus jamais, tu m'entends, tu ne te permets de dire une chose pareille. Mark is beautiful, et le reste, ce n'est carrément pas tes oignons.

PS : Et d'ailleurs, tes médocs, tu peux te les garder. Ton ginkgo *biloba,* là... même pas besoin !

PPS : Remarque si : pour me souvenir que je t'ai promis de ne plus jamais t'adresser la parole si tu recommences. On va le prendre quand même, le ginkgo biloba... pour ses effets sur la mémoire...

---

26 novembre 17 h 05
De : Candice@pharmamax.com
À : Emma@artproject.com
Objet : Soupe au lait, va

Ouh là ! Dis donc, ma vieille, normalement ce sont les mecs qui grimpent sur leurs « grands cheveux » lorsque l'on touche à la taille de leur sexe. Pas les filles. Ça doit être un sacré étalon, ton zozo, pour que tu le défendes comme ça. J'irai bien faire un petit tour du côté de son vestiaire, moi. Non, je déconne ! Je te le dis avant que tu ne te fâches, hein... Tu t'emballes tellement vite, ces derniers temps. Tu devrais prendre quelque chose contre l'irascibilité. J'ai ce qu'il faut, si tu veux.

À propos de vestiaire, on s'inscrit ?

Bisous piteux

C

PS : Pardon d'insister, mais tu pourrais quand même lui filer un peu de GB à ton homme... pour la mémoire ! Tu sais, pour qu'il se souvienne de la date de ton anniv et de ta taille de soutien-gorge, au cas où il passerait devant La Perla, *entre deux shootings*. Parce que le coup du... c'était quoi, déjà ? 95 E ? À la rigueur, ça passe une fois, mais pas deux. Enfin, tu fais ce que tu veux ma cocotte, mais moi, ce que j'en dis, c'est que ça peut servir !

---

28 novembre 20 h 35
De : Emma@artproject.com
À : Candice@pharmamax.com
Objet : Re : Soupe au lait, va

Grumph !

PS : Et on dit « grands chevaux » et pas « grands che-veux », au fait !

PPS : Et puis pas besoin de lui donner tes substances, je te dis. Il se souvient de la date de mon anniversaire et il

connaît par cœur ma taille chez La Perla. Justement ! Et
le 95 E, c'était un *message*. D'ailleurs, nous n'en avons
plus jamais reparlé...

----

29 novembre 8 h 55
De : Candice@pharmamax.com
À : Emma@artproject.com
Objet : Grands ch…

Oui grands chevaux, c'est ce que je voulais dire...

Dis donc, c'est vraiment le prince charmant, ton mec ! Tu me le
présentes quand ?

DÉCEMBRE

1er décembre 11 h 05
De : Emma@artproject.com
À : Candice@pharmamax.com
Objet : Alors ?

... c'était bien, ta nouvelle séance avec Sean ? Désolée de t'avoir laissée en plan l'autre soir, en pleine procédure d'inscription, mais je devais rencontrer dans son atelier new-yorkais un artiste que je vais désormais représenter à la galerie, il fallait que je file. Et ça valait le coup, crois-moi !

C'est un jeune garçon d'origine finlandaise, qui vit à moitié à Helsinki, à moitié à New York. Il ne peint que des très grands formats monochromes... Très impressionnants. Surtout sa série de « Blancs ». Sept toiles, deux mètres sur deux, immaculées. Sept toiles blanches, qui paraissent identiques, mais quand tu regardes les détails – parce qu'il y *a* des détails –, tu t'aperçois qu'elles sont toutes différentes. Elles ne sont pas du même blanc, tu vois. Je sais, c'est difficile à expliquer, pour tout un chacun, du blanc, c'est du blanc, mais là... il y a quelque chose dans la *matière* qui leur donne à chacune sa personnalité. Et je ne suis pas la seule à le penser, figure-toi qu'il vient de se faire commander une série de « Noirs » par une grosse compagnie d'assurance, qui lui a offert, tiens-toi bien, quinze mille dollars la pièce. À ce prix-là, même en deux mètres sur deux, ça fait cher le pot de peinture, tu ne trouves pas ? C'est ça, la magie de l'art contemporain. Tu vends n'importe quoi, du moment qu'il y a un concept derrière. Et tu trouves ça beau. Ah ! Et, ce qui ne gâche rien, le type a vingt-sept ans et il est canon. Si je n'étais pas avec Mark, je crois que je regarderais de plus près... Ses détails à lui, tu vois...

Bon. J'arrête de t'embêter avec mes élucubrations professionnelles. Je sais par les filles de l'accueil que tout s'est bien passé pour toi, à la gym, que tu es déjà repartie avec ta carte... et que tu as pris ton premier vrai cours de membre à part entière avec ton coach préféré. Tu sais, j'ai réfléchi à ton coup de blues de l'autre jour, quand tu as découvert que Sean, enfin... qu'il... bon, tu vois ce que je veux dire, avec l'autre, là... Oui, alors je me faisais la réflexion que pour faire du sport, surtout au début où c'est vraiment dur, on transpire, le visage se crispe sous l'effort et il n'y a pas moyen d'aligner deux mots sous peine de mourir d'essoufflement, c'est plutôt mieux d'avoir un entraîneur dont les yeux sont rivés sur le capteur cardiaque plus que sur tes seins. 1, tu n'as pas envie de te montrer dans ton plus détestable appareil à un mec avec lequel tu pourrais avoir une chance, et 2, c'est plus *safe* d'avoir un type qui reluque les battements de ton cœur. Enfin moi, je sais que ça me rassurerait.

Si tu as un moment dans la semaine, je voudrais te montrer la Patek que j'ai repérée pour mon Prince Charmant comme tu dis. On déjeune ?

E

----

2 décembre 14 h 25
De : Candice@pharmamax.com
À : Emma@artproject.com
Objet : Aïe ! Aïe ! Aïe !

Aïe ! Je ne peux plus bouger. J'ai dû leur dire de se débrouiller sans moi à la pharmacie ce matin, c'est embêtant parce que je recevais justement les ingrédients pour préparer la crème de madame Thworp... une vieille blonde assortie à son caniche qui ne jure que par la tambouille que j'ai inventée un jour pour soigner des rougeurs qu'elle avait sur le visage, et qui, depuis, me la commande tous les mois et s'en sert comme crème de jour. Ça lui réussit, en plus ! Et le plus drôle, c'est qu'elle m'a envoyé une bande de ses copines, qui en sont toutes folles. De ma crème. Il y en a même une qui s'en sert, l'hiver, pour mettre sous les pattes de son coton, tu sais, ces horribles chiens blancs tellement salissants qu'on ose à peine se promener avec. Pour qu'il n'ait pas d'engelures, le pauvre bichon ! Si on m'avait dit que j'aurais des animaux de compagnie comme clients !

Entre toi et moi, je crois que c'est le parfum à la rose qui fait tout. Pour les vieilles, je veux dire. Ou les quelques gouttes d'acide hyaluronique, qui défrise le visage en un clin d'œil. Si tant est qu'elles puissent encore cligner des yeux, ces vintage, avec leurs liftings...

Pour ce qui est du déjeuner, je préférerais qu'on attende quelques jours, si tu veux bien. La seule perspective d'arpenter la cinquième me donne mal au dos !

---

4 décembre 8 h 30
De : Emma@artproject.com
À : Candice@pharmamax.com
Objet : Vive le sport !

OK, si tu veux. C'est bien la peine de faire tout un foin pour te faire inscrire, si c'est pour te niquer la colonne dès le premier cours et ne plus y aller après ! Doucement, ma vieille ! Le sport, c'est comme tout : il faut prendre son temps. Tu n'es pas devenue pharmacienne en une nuit, ni moi galeriste... ça ne s'improvise pas. Ben le sport, c'est pareil ! Ça se travaille dans la durée.

PS : Et puis tu vas te faire un de tes mélanges de sorcière et hop ! Tu seras remise en selle ! Pas vrai ?

---

5 décembre 16 h 10
De : Candice@pharmamax.com
À : Emma@artproject.com
Objet : Fais pas ton Sean

Ouh là, tu te mets à parler comme lui, maintenant. Sean. Toi ma cocotte, tu devrais moins fréquenter la salle si tu ne veux pas parler comme un prof de sport. Dans ton métier, entre les chéris-chéris et les artistes à la susceptibilité à fleur de peau, ça va faire tache. Imagine : Ah ! Darling (smack, smack), Jim (le sculpteur que tu lances dans quinze jours, là, c'est bien Jim son nom ?) est vraiment au top en ce moment, il se donne à fond... il a compris que sur ce terrain, ses adversaires n'allaient pas lui faire de cadeau. Non, mais attends. Et puis, tiens : Ah ! Karl, lui, il s'économise. Il a beaucoup signé cette année, il faut y aller en douceur...

PS : Mélange de sorcière très efficace : j'ai réussi ce matin à tenir 40 minutes d'abdo-fessiers avec l'autre tyran, plus 40 minutes de tapis... et pour l'instant, même pas mal ! C'est le métier qui rentre.

----

5 décembre 16 h 25
De : Emma@artproject.com
À : Candice@pharmamax.com
Objet : Re : Fais pas ton Sean

Bon, ça va... Au lieu de dire des conneries, tu ne voudrais pas m'accompagner demain pour regarder cette foutue montre ? Et ma robe ! J'ai repéré ce modèle en plumes complètement déjanté de Max Chaoul, à mi-chemin entre l'ange déchu et l'icône rock... j'aimerais bien avoir ton avis. Je me dis que c'est l'occasion ou jamais de porter quelque chose de *vraiment* glamour.

Ah ! Et tu ne sais pas : j'ai vu un paquet Harry Winston caché sous les chemises de Mark, et mon petit doigt me dit – mon annulaire, plutôt – que j'ai vachement intérêt à être à la hauteur, question cadeau.

---

5 décembre 16 h 30
De : Candice@pharmamax.com
À : Emma@artproject.com
Objet : Swanlake

T'es folle ? Tu ne vas pas t'affubler de ce modèle-*là* ! Je vois très bien à quoi ça ressemble, c'est la minirobe bustier en plumes toutes blanches qui volent dans tous les sens. Rien qu'à la voir en photo, on a envie d'éternuer. Alors en vrai… Tu me diras, la marche nuptiale ponctuée d'éternuements, ça peut faire son petit effet. Non mais je rêve ! Et puis ça ne me viendrait pas à l'idée de me marier en costume du *Lac des Cygnes.* Tu avais vu la version dansée uniquement par des garçons, au fait ? Poilant. Pour un truc en plumes…

Non, écoute, vraiment, ce modèle, ce n'est pas possible. Même Beyonce et Kylie, pourtant des groupies de la marque et qui ne reculent devant aucune excentricité, n'ont pas osé. Je me demande d'ailleurs s'il en a vendu une seule. Pour un mariage, je veux dire. Tu ferais mieux de viser quelque chose d'un peu plus classique.

Bon, il faut que j'y aille, j'ai plein de crèmes à mixer, avec l'approche des fêtes. Comme si c'était maintenant qu'il fallait commencer à s'occuper de sa peau pour avoir une tête potable au réveillon. Les bonnes femmes, je te jure ! Mais je te rappelle demain sans faute. Et on essaie de se faire ça dans la semaine.

Candice-qui-touille-sa-magique-patouille

PS : Je retournerais volontiers au Waklya, il m'était resté en travers de la gorge la dernière fois, à cause de Paulina, mais je viens de relire une série d'articles et il paraît qu'il est devenu encore meilleur ! Ils disent tous que les sushis, surtout ceux au thon gras et à la peau de saumon grillée, sont à mourir, de même que tous les makis et les california. Sans parler des tempuras, aériens... mais là, il faut oser. Bon, tu me diras, il y a toujours la Xenadrine pour rattraper le coup ! C'est un peu comme la confession, la Xenadrine : tu fais une connerie et après, pof, il n'y a plus qu'à aller voir ton pharmacien ou ton curé, c'est selon... et c'est comme si rien ne s'était passé. Alors, on y va ? Je te promets, je ne partirai pas aux toilettes avec mon sac à main !

6 décembre 19 h 20
De : Emma@artproject.com
À : Candice@pharmamax.com
Objet : Ton appel

C'est moi qui ai raté ton appel ou c'est toi qui ne l'as pas fait ? Hier, j'ai mis le soutien-gorge de maternité que Mark m'avait offert, tu sais, celui que, suivant tes bons conseils, j'avais échangé pour le prendre dans ma taille et le porter tout de suite. Figure-toi qu'il n'a pas vraiment apprécié. Il m'a fait une réflexion bien sentie sur le fait que les cadeaux ne sont pas une valeur d'échange mais un geste d'amour, et qu'il fallait les respecter en tant que tels. Il m'a dit que, s'il m'avait offert le 95 E, c'était pour me faire passer un *message* qu'il n'arrivait pas bien à formuler avec des mots. Surtout après la discussion que nous avions eue à ce sujet.

J'ai rétorqué que j'avais parfaitement compris le message, et que c'était lui qui n'avait pas compris que les choses allaient déjà assez vite comme ça, que la décision de faire un bébé se prenait à deux et pas à la légère, et qu'il me fallait un peu de temps. Et tu sais ce qu'il a maugréé? Que si j'hésitais à ce point, c'est qu'au fond de moi je ne l'aimais pas assez. J'ai passé la soirée à faire des pieds et des mains pour lui prouver le contraire, mais je sens que je l'ai blessé. D'un autre côté, il ne va pas faire son sale gosse et bouder à chaque fois que je ne lui passe pas ses caprices!

E (un peu mal)

---

7 décembre 10 h 40
De : Emma@artproject.com
À : Mark@studiomarkandco.com
Objet : Sorry…

Mark, je suis un peu triste du petit différend entre nous depuis avant-hier. Pardon si, sans le vouloir, je t'ai blessé. Je n'aurais pas dû échanger le cadeau que tu m'avais fait. Mais d'un autre côté, il est magnifique et j'avais envie de le porter le plus vite possible. Il sera bien temps de m'offrir de la lingerie sexy quand je serai enceinte. Plus tard...

Mets-toi à ma place : c'est quelque chose de lourd, une grossesse, pour une femme. Elle ne doit pas l'aborder avant de se sentir tout à fait prête. J'ai des choses à faire, avant. Professionnellement. La galerie est en pleine expansion, ce n'est pas le moment de mettre la pédale douce. Dans un an ou deux, oui... Mais pas tout de suite. Tu comprends ? Et ça n'a rien à voir avec notre amour. Au contraire. Tu n'as pas envie de vivre notre amour, librement, pendant quelque temps, avant de nous imposer la contrainte d'un bébé ? Je parie que tu n'as pas pensé à ça !

Je t'aime, Mark. Et je n'aime pas te sentir blessé, ou distant. Par ma faute. On en parle, si tu veux.

Ton Emma (troublée)

-- 🖨 🗑

7 décembre 15 h 05
De : Mark@studiomarkandco.com
À : Emma@artproject.com
Objet : No sorry

Non, mais ce n'est pas grave. Pas la peine d'en parler.

À ce soir.

Votre M

PS : Je risque de rentrer un peu tard. Gros shooting à terminer... Mais attendez-moi pour dîner. On ira à l'italien. Guêpière ?

-- 🖨 🗑

7 décembre 15 h 10
De : Emma@artproject.com
À : Mark@studiomarkandco.com
Objet : Guêpière…

Je ne sais pas. J'en ai un peu marre de ressembler à un petit gigot. On ne pourrait pas trouver autre chose ?

---

7 décembre 22 h 50
De : Emma@artproject.com
À : Candice@pharmamax.com
Objet : T'as disparu ?

Candice ?

---

8 décembre 12 h 35
De : Emma@artproject.com
À : Mark@studiomarkandco.com
Objet : Tendu

J'ai vraiment l'impression d'avoir commis quelque chose d'irréparable, avec mes réflexions trop franches sur la grossesse et la maternité. Pourtant, je ne faisais que dire ce que je ressentais, et qui me paraît fondé. J'ai voulu être honnête avec toi, et voilà le résultat. Il y a comme un froid, maintenant, minuscule, à peine perceptible, mais moi je m'en rends compte et je n'aime pas ça.

Même si, hier soir, c'était très bon, comme d'habitude, j'ai senti comme, je ne sais pas, une tension, une réticen-

ce de ta part. Tu étais là, mais c'est comme si tu me faisais l'amour *mécaniquement*. C'était très bien, ce n'est
pas ce que je veux dire, hein ? Il faut que je fasse attention à ce que je raconte, moi... Mais... je ne sais pas... ne
le prends pas mal, mais on aurait dit que tu pensais à
autre chose. Ou à quelqu'un d'autre ? Mark, s'il y a un
problème, si tu as quelque chose à me dire, je préférerais
que nous en parlions. Avant que les choses ne s'enveniment, elles finissent toujours par s'envenimer quand on
ne se parle pas.

À ce soir,

Emma

---

8 décembre 19 h 50
De : Mark@studiomarkandco.com
À : Emma@artproject.com
Objet : Re : Tendu

Vous serez sans doute en train de dormir lorsque je rentrerai !
Dieu que je déteste cette période, tellement de choses à boucler avant les fêtes, on a l'impression de n'en jamais voir le
bout. Mais n'allez pas vous imaginer des choses. J'ai un boulot de dingue en ce moment, et je suis un peu fatigué. C'est
tout.

Tout va bien, Emma !

Votre M

---

8 décembre 20 h 10
De : Emma@artproject.com
À : Candice@pharmamax.com
Objet : Silence des Tartares…

Candice ? Oh ! Réapparais, ma vieille. Il faut absolument que je te parle. Il y a quelque chose dans l'attitude de Mark qui me préoccupe. Je crois que ce n'est rien, il *dit* que ce n'est rien, mais… je ne le sens pas. J'ai l'impression d'avoir fait une grosse boulette avec cette histoire de soutien-gorge, et j'ai l'impression qu'il m'en veut. On n'en parle pas, il ne veut pas en parler, il prétend que je m'imagine des choses, c'est exactement les termes qu'il a employés. J'aimerais avoir ton avis. Réapparais asap, ma vieille !

PS : Je te fais suivre nos échanges de mails de ces derniers jours. Dis-moi ce que tu en penses, please !

- -

8 décembre 20 h 12
De : Emma@artproject.com
À : Candice@pharmamax.com
TR : Mail de Emma à Mark

« 7 décembre 10 h 40
De : Emma@artproject.com
À : Mark@studiomarkandco.com
Objet : Sorry…

Mark, je suis un peu triste du petit différend entre nous depuis avant-hier. Pardon si, sans le vouloir, je t'ai blessé. Je n'aurais pas dû échanger le cadeau que tu m'avais fait.

Mais d'un autre côté, il est magnifique et j'avais envie de le porter le plus vite possible. Il sera bien temps de m'offrir de la lingerie sexy quand je serai enceinte. Plus tard...

Mets-toi à ma place : c'est quelque chose de lourd, une grossesse, pour une femme. Elle ne doit pas l'aborder avant de se sentir tout à fait prête. J'ai des choses à faire, avant. Professionnellement. La galerie est en pleine expansion, ce n'est pas le moment de mettre la pédale douce. Dans un an ou deux, oui... Mais pas tout de suite. Tu comprends ? Et ça n'a rien à voir avec notre amour. Au contraire. Tu n'as pas envie de vivre notre amour, librement, pendant quelque temps, avant de nous imposer la contrainte d'un bébé ? Je parie que tu n'as pas pensé à ça !

Je t'aime, Mark. Et je n'aime pas te sentir blessé, ou distant. Par ma faute. On en parle, si tu veux.

Ton Emma (troublée) »

---

8 décembre 20 h 13
De : Emma@artproject.com
À : Candice@pharmamax.com
TR : Mail de Mark à Emma

« 7 décembre 15 h 05
De : Mark@studiomarkandco.com
À : Emma@artproject.com
Objet : No sorry

Non, mais ce n'est pas grave. Pas la peine d'en parler.

À ce soir.

Votre M

PS : *Je risque de rentrer un peu tard. Gros shooting à terminer... Mais attendez-moi pour dîner. On ira à l'italien. Guêpière ? »*

----

8 décembre 20 h 14
De : Emma@artproject.com
À : Candice@pharmamax.com
TR : Mail de Emma à Mark

« 7 décembre 15 h 10
De : Emma@artproject.com
À : Mark@studiomarkandco.com
Objet : Guêpière...

Je ne sais pas. J'en ai un peu marre de ressembler à un petit gigot. On ne pourrait pas trouver autre chose ? »

----

8 décembre 20 h 15
De : Emma@artproject.com
À : Candice@pharmamax.com
TR : Mail de Emma à Mark

« 8 décembre 12 h 35
De : Emma@artproject.com
À : Mark@studiomarkandco.com
Objet : Tendu

J'ai vraiment l'impression d'avoir commis quelque chose d'irréparable, avec mes réflexions trop franches sur la grossesse et la maternité. Pourtant, je ne faisais que dire ce que je ressentais, et qui me paraît fondé. J'ai voulu être honnête avec toi, et voilà le résultat. Il y a comme un froid, maintenant, minuscule, à peine perceptible, mais moi je m'en rends compte et je n'aime pas ça.

Même si, hier soir, c'était très bon, comme d'habitude, j'ai senti comme, je ne sais pas, une tension, une réticence de ta part. Tu étais là, mais c'est comme si tu me faisais l'amour mécaniquement. C'était très bien, ce n'est pas ce que je veux dire, hein ? Il faut que je fasse attention à ce que je raconte, moi... Mais... je ne sais pas... ne le prends pas mal, mais on aurait dit que tu pensais à autre chose. Ou à quelqu'un d'autre ? Mark, s'il y a un problème, si tu as quelque chose à me dire, je préférerais que nous en parlions. Avant que les choses ne s'enveniment, elles finissent toujours par s'envenimer quand on ne se parle pas.

À ce soir,

Emma »

---

8 décembre 20 h 15
De : Emma@artproject.com
À : Candice@pharmamax.com
TR : Mail de Mark à Emma

« **8 décembre 19 h 50**
De : Mark@studiomarkandco.com
À : Emma@artproject.com
Objet : Re : Tendu

Vous serez sans doute en train de dormir lorsque je rentrerai ! Dieu que je déteste cette période, tellement de choses à boucler avant les fêtes, on a l'impression de *n'en jamais voir le bout. Mais n'allez pas vous imaginer des choses. J'ai un boulot de dingue en ce moment, et je suis un peu fatigué. C'est tout.*

Tout va bien, Emma !

Votre M »

8 décembre 20 h 19
De : Emma@artproject.com
À : Candice@pharmamax.com
Objet : Mes mails

Alors ? Tu as reçu mes mails ? T'en penses quoi ? Tu crois que j'ai dit quelque chose que je n'aurais pas dû dire ?

E (pfffff...)

9 décembre 19 h 05
De : Candice@pharmamax.com
À : Emma@artproject.com
Objet : Scoop...

Chuuuut... j'ai rencontré quelqu'un... au sport... faut pas faire de bruit pour ne pas l'effrayer... suis raide in love... pour l'instant, il ne le sait pas encore parce qu'il ne m'a pas vue, mais moi, si... j'ai acheté une nouvelle tenue... chez Rare Vintage, dans l'immeuble de la New York Gallery sur la cinquante-septième... la tenue de Carrie Bradshaw... bon, en un peu plus grand, mais enfin c'est un peu noir... et j'aime bien le petit côté lingerie...

9 décembre 19 h 09
De : Emma@artproject.com
À : Candice@pharmamax.com
Objet : T'as fumé quoi ?

Non mais attends, t'es timbrée ou quoi ? Tu as vu comment tu parles ? T'as mangé des psilocybes en salade ? Tu disparais pendant quatre jours et, quand tu ressors de ton trou, tu n'es plus capable d'aligner trois mots. Et ne me dis pas que c'est l'amour, ni même l'Amour, allez, je suis sympa, je ne connais pas encore ton histoire, ni son protagoniste, et je lui colle déjà un grand A, qui te met dans des états pareils. Parce que 1, je ne te croirai pas (n'oublie pas que je connais la chose, moi), et 2, si c'était le cas, ben... c'est comme moi avec les salles de sport, il va peut-être falloir y aller dou-ce-ment. On ne s'emballe pas, ma vieille, on observe, on écoute, on pèse le pour et le contre (enfin, façon de parler, mais là, je te fais confiance)... et si vraiment on juge que la personne en vaut la peine, alors là, oui... on shoot.

Il a quoi, comme baskets, ta braguette... euh... ta target ?

PS : J'espère que tu ne lui as pas trop montré à quel point tu étais désespérée, en ce moment, si tu vois ce que je veux dire...

PPS : Au fait, tu as reçu mes mails ? Ceux avec Mark, je veux dire...

10 décembre 9 h 00
De : Candice@pharmamax.com
À : Emma@artproject.com
Objet : Psilocybes

Justement, côté chaussures, ce n'est pas génial. Je ne sais pas si c'est l'hallu des champignons, mais lorsque j'ai checké ses pieds, j'ai vu euh... non mais ça n'a pas d'importance, les baskets, il ne faut pas exagérer quand même ! On est des grandes filles, nous, pas des ados dopées aux marques, on s'en fout des marques. Et puis le look, ce n'est pas si important, surtout quand on fait du sport. Ça peut être trompeur, d'ailleurs. J'ai connu des types – et aussi des filles – vraiment top, dans la vie. Super-famille, super-job, super-appart... Eh bien, lorsqu'ils faisaient leur jogging dans le Park, on aurait dit des SDF. Trainers pourri, short informe, tee-shirt infâme... bon, OK, on voyait un peu que ce n'étaient pas de vrais SDF parce qu'ils avaient l'i-phone sur les oreilles avec le casque Bose... tu sais celui qui te donne l'impression d'écouter de la musique à l'intérieur du ventre de ta mère ? Mais quand même...

10 décembre 9 h 02
De : Emma@artproject.com
À : Candice@pharmamax.com
Objet : Du concret

Tu réponds à ma question, oui ? Il a *quoi*, comme *baskets*, ton *bonhomme* ?

PS : Et ne me parle pas du ventre de ma mère, c'est un souvenir épouvantable !

PPS : Et accessoirement, tu me donnes ton avis, pour Mark. C'est *aussi* à ça que ça sert, les copines !

11 décembre 17 h 25
De : Candice@pharmamax.com
À : Emma@artproject.com
Objet : Re : Du concret

Euh... Bon, OK. Il a des Stan Smiths blanches avec le petit truc vert derrière, tu sais ? En taille quarante-cinq, ce n'est vraiment pas terrible. Je ne comprends pas qu'aujourd'hui, on puisse encore porter des chaussures de sport blanches, mais bon. J'imagine qu'il en a d'autres, et que ce n'est pas ce qu'il met pour aller au bureau. Tu te rends compte, s'il était du style à passer sa vie en trainers ringardes ?

Sinon, le reste est pas mal. Grand, brun, un regard pétillant, un recto avenant et un verso appétissant. J'aime ! Et puis je ne t'ai pas dit, aujourd'hui, pour la première fois, il m'a offert un jus de carotte-céleri-pamplemousse après la séance. C'est pas très glam', mais c'est cool !

PS : Au fait, ça s'arrange, avec Mark ? J'ai vu les mails que tu m'avais envoyés, et je ne t'en ai pas parlé parce que franchement... il n'y a pas de quoi en faire un cheesecake ! Bon, le coup de la guêpière, ce n'était peut-être pas *tout à fait* nécessaire... Mais à part ça, RAS. Vraiment. Tu ne devrais pas t'emballer comme ça, ma vieille. C'est le meilleur moyen pour donner de l'importance à des incidents qui n'en valent pas la peine. Et envenimer inutilement la situation.

- -

11 décembre 17 h 30
De : Emma@artproject.com
À : Candice@pharmamax.com
Objet : Nouvelle vague

Si vraiment il s'agit de Stan Smiths, tu peux être amplement rassurée : c'est redevenu top fashion. Mark aussi, il les a. J'ai bien ri, d'ailleurs, la première fois que je les ai vues, pour tout dire, euh... j'ai eu un peu la même réaction que toi. Mais j'ai pris sur moi et surpassé mon dégoût de la basket vintage et tu vois... ça m'a plutôt réussi ! Fonce, ma vieille, il est possible d'avoir une love story avec un homme en Stan Smiths ! Tu as peut-être rencontré ton Mark bis !

Tu veux savoir si ça s'arrange, avec Mark ? Je suis flattée qu'enfin, tu daignes t'y intéresser. On a beaucoup parlé de toi, ces derniers temps, hein... Pour tout te dire, ce n'est pas la grosse forme, en ce moment. Toujours stressé, de plus en plus, je dirais. Surbooké, pas très disponible. C'est vrai qu'il a l'air crevé, sous son bronzage. Il fait des sauts de puce à Miami pour photographier les maillots de bain, alors il a bonne mine. Mais il rentre sur les rotules. Du coup, on ne fait pas beaucoup l'amour, moi, je dors mal, je gamberge... Tu me connais, la moindre baisse de régime et je ne peux pas m'empêcher de me demander s'il ne va pas voir ailleurs, et si c'est la raison pour laquelle il ne me désire plus. Les grands mots, tout de suite. Alors que je sais parfaitement que ce n'est pas le cas. Il est juste fatigué, un point c'est tout. Ces voyages, le chaud-froid, les shootings de douze heures et plus pour amortir les frais de déplacement... Un homme a le droit d'avoir un coup de mou de temps en temps, non ? Mais je suis jalouse, je m'inquiète pour rien... c'est plus fort que moi.

Quand il est là, on se croise le matin, on sort ensemble le soir, ou on essaie de passer un peu de temps à la maison, mais on est tellement épuisés l'un et l'autre qu'on est incapables d'en profiter. En plus, c'est la saison, m'a-t-il dit, où il doit se taper tous les sapins de Noël et autres fiestas des boîtes avec lesquelles il travaille. Donc, re-inquiétude de ma part, je m'énerve, je lui envoie des petites piques acides. Je me vois le faire, je sais que je ne devrais pas, mais c'est plus fort que moi. Ouh ! Que je hais cette période ! De mon côté, j'ai des tonnes de boulot, cette expo de Jim Matheson qui démarre dans une semaine, et je commence à me demander si je n'ai pas été un peu optimiste sur sa capacité à tenir les délais, à lui aussi. Les artistes, je te jure ! Tout ça pour dire que moi aussi, je suis à cran. Ce qui n'est pas fait pour arranger les choses.

Heureusement que nous partons quelques jours au Mexique pour Noël ! Pour préparer le mariage. On va habiter dans la maison où aura lieu la fête, tu te rends compte ? Mark m'a montré des photos, elle a l'air absolument sublime. Je suis très excitée par cette idée...

Alors, cette montre ? On y va quand ?

- 🖨 🗑

13 décembre 10 h 25
De : Ian@artproject.com
À : Emma@artproject.com
Objet : Jim Matheson

Dis donc, ma chérie, je suis avec ton zozo, là, dans son atelier... Tu m'avais bien dit qu'il accepterait d'exposer ses œuvres de jeunesse, s'il n'arrivait pas à produire suffisamment pour l'expo ? Il me soutient le contraire. Pourtant, il y a des trucs pas mal, je suis sûr que j'ai vu les mêmes que ceux que tu avais repérés, toi... La grande mante religieuse qui tient une petite araignée dans ses bras, genre nativité, et le groupe de personnages sans visage, tu les avais vus, non ? Il faudrait les mettre. Sinon, on risque d'être un peu short... D'autant qu'il n'aura jamais fini ses *Quatre Saisons,* mais ça, j'en étais sûr ! Quatre pièces de moins, ça fait un trou, quand même !

Qu'est-ce qu'on fait ?

13 décembre 10 h 30
De : Emma@artproject.com
À : Ian@artproject.com
Objet : Re : Jim Matheson

Passe-le-moi, ce con, Chouchou ! Ou non, tiens. Tu lui dis que s'il ne file pas les œuvres que tu as choisies, on ne l'expose plus. Non mais, oh ! Qui est-ce qui commande, ici !

13 décembre 10 h 32
De : Ian@artproject.com
À : Emma@artproject.com
Objet : Re : Re : Jim Matheson

Euh... Tu crois vraiment ? Ce serait embêtant s'il nous prenait au mot, non ? Qu'est-ce qu'on fait s'il se désiste au dernier moment ?

13 décembre 10 h 35
De : Emma@artproject.com
À : Ian@artproject.com
Objet : Tous au soleil !

On prend des vacances ! Tu repars faire du skidou et du traîneau de chiens, et moi je fais un bébé. T'en dis quoi ?

Mais tu vas voir, on n'aura pas cette chance...

13 décembre 1 h 37
De : Ian@artproject.com
À : Emma@artproject.com
Objet : Re : Tous au soleil !

Elle est folle ! Tu es complètement folle, ma pauvre fille ! Des *vacances*. Non mais on aura tout vu !

13 décembre 12 h 55
De : Ian@artproject.com
À : Emma@artproject.com
Objet : Gagné !

Tu avais raison. Les vacances, ce sera pour plus tard. Il nous laisse tout ce qu'on veut, le petit. Il a suffi que je lui montre ton mail, en lui disant qu'une occasion comme celle-là, il n'avait pas intérêt à la laisser filer, parce qu'elle risquait de ne pas se re-présenter de sitôt. Du coup, il m'a laissé choisir tout ce que je voulais. J'ai pris *Madonna* (c'est le titre de la mante religieuse, j'adore !), *Charity Face 1 à 4* (les hommes sans visage, il y en a quatre, dont trois, à mon avis, qui sont vraiment exceptionnels) et *A Horse Without a Head* que tu n'as pas dû voir parce qu'il vient de le terminer, mais n'avait pas l'intention de l'exposer cette fois-ci. Il voulait retravailler la tête, justement, mais moi, je le trouve très abouti comme ça. Au contraire !

Je file à mon déjeuner et te raconte tout cet après-midi. J'ai pris des photos !

---

13 décembre 16 h 55
De : Emma@artproject.com
À : Candice@pharmamax.com
Objet : La montre

Hello,

Merci pour tes conseils. Je les ai suivis et pris la version sport, comme tu dis, c'est plus adapté à un homme comme lui. D'ailleurs tu m'as fait beaucoup rire dans ton analyse « d'un homme comme lui »... assez juste, il faut dire que je t'ai raconté pas mal de détails. Enfin, je voulais juste souligner que j'ai admiré ton esprit de synthèse, qui m'a été bien utile sur ce coup-là. Je n'aurais jamais cru que tu te souviendrais de son parfum et de ce qu'il prend pour le petit déjeuner !

La montre est cachée derrière ma lingerie, au moins il n'ira pas fouiller par là. Harry Winston toujours en place, j'ai vérifié. Je meurs d'impatience de savoir ce qui brille à l'intérieur.

Bon, quand me présentes-tu ta nouvelle target ? Je suis très impatiente de le rencontrer.

Maintenant que vous êtes passés à l'acte, il fait presque partie de la famille, non ?

PS : Mais quand est-ce que je t'ai dit qu'il portait cette fragrance de Serge Lutens, Mark ?

- 🖨 🗑

14 décembre 19 h 55
De : Candice@pharmamax.com
À : Emma@artproject.com
Objet : Mister X

Coucou ! On est à égalité ! Figure-toi que, comme toi qui ne peux pas me présenter ton Mark de peur que j'assortisse mon string à la couleur de ses yeux, je ne peux pas non plus te montrer le mien... pour cause de confidentialité. J'ai appris, ce que j'étais à mille lieues d'imaginer, comme quoi le look peut être trompeur, qu'il était assez connu – même très, en fait, je l'ai googlisé –, et qu'il avait une fiancée jalouse – ça c'est lui qui me l'a dit. En préambule à notre première partie de galipettes, il a été très clair : pas de publicité, pas d'indiscrétion, même pas à ma meilleure amie (si, si, je te jure !). Dans l'ombre, il sera 100 % à moi, mais dans la lumière, je n'existerai même pas. Et si je le croise dans une soirée, il ne faudra pas m'étonner s'il ne me reconnaît pas. Secret oblige. Pas trop aimé le côté backstreet, ni la fiancée jalouse, ce n'était pas du tout prévu dans le package, mais bon. Le reste est vraiment, vraiment bien.

Et il a aussi un petit côté Sutherland, c'est marrant... comme le tien. Au fait, comment va-t-il ?

PS : Le même jour que celui où tu m'as décrit votre petit déjeuner, tu m'as dit, pour le parfum...

- -

15 décembre 12 h 15
De : Emma@artproject.com
À : Candice@pharmamax.com
Objet : Tristesse

Je suis contente pour toi, je suis contente que tu aies trouvé quelqu'un qui semble normal. Et pas un de ces névrosés que tu avais pris l'habitude de nous ramener ces derniers temps. Le côté backstreet, bon... pour l'instant, ça n'a pas d'importance, tu verras bien où cette histoire te mène dans quelques mois. Tu sais, souvent, ces choses-là s'arrangent d'elles-mêmes. Et puis tu as de la chance : il est juste fiancé, pas marié. C'est plus simple à défaire si ça commence à devenir sérieux entre vous.

Moi, pffff... depuis le début du mois, ce n'est pas la grande pêche. Je travaille comme une dingue, Mark n'est pas beaucoup là – de moins en moins, j'ai l'impression. Je me raccrochais aux quelques jours que nous devions passer au Mexique, mais il a déjà commencé à dire, hier soir, qu'il serait *peut-être* obligé d'écourter, à cause de son nouveau client. Et là, je ne sais pas ce qui m'as pris, tu sais, d'habitude je reste zen, et pourtant... la fatigue, la déception, l'approche des fêtes, tous ces gens autour de nous qui font semblant d'être heureux et ces chansons à la con qu'on entend littéralement à tous les coins de rue et qui me portent sur les nerfs, je ne sais pas... Toujours est-il que je lui ai jeté mon verre de vin à la figure. Son contenu, je veux dire. Heureusement que c'était du blanc, ça ne tache pas, mais l'effet a été le même. Il s'est levé de table et il est sorti en claquant la porte. Il n'est revenu que deux heures plus tard, sans explication, et s'est couché sur le lit tout habillé en me tournant le dos. Il n'est même pas entré sous la couette, tu te rends compte ?

Ce matin, nous avons fait l'un et l'autre comme si de rien n'était, comme s'il ne s'était rien passé. Mais jamais je ne pourrai me sortir de la tête le regard de haine qu'il m'a lancé hier soir. Bon, OK, je reconnais qu'un verre de chablis dans les lentilles (celles des yeux), ce n'est pas très agréable. Mais ce n'est pas une raison pour faire la tête comme il l'a fait.

Ah ! Oui ! Et il m'a traitée de mégère. Et a rajouté qu'il n'était plus du tout sûr, dans ces conditions, d'avoir encore envie de m'épouser.

Emma-au-bord-des-larmes

- 🖨 🗑

15 décembre 12 h 20
De : Candice@pharmamax.com
À : Emma@artproject.com
Objet : Un petit remontant

Ma pauvre cocotte. Et moi qui n'étais même pas au bout du fil quand tu as essayé de m'appeler. Quand je suis avec Mister X, j'éteins mon téléphone, tu t'en doutes. Je n'ai trouvé tes appels que tard dans la soirée, lorsqu'il est reparti chez lui – et sa fiancée. Ça m'énerve, cette fille, tu ne peux pas savoir. L'idée qu'il me laisse toute seule chez moi pour aller retrouver cette nana me rend déjà hystérique. Et je ne le connais que depuis dix jours… enfin, il y a dix jours, je matais ses Stan Smiths en me demandant si le reste était socialement correct. Je ne peux décemment pas lui demander de la quitter pour moi. Pas encore, qu'est-ce que tu en penses ?

Bon, toi, tu t'accroches. Le spleen de Mark, c'est normal, ce sont les fêtes, Noël, tout ça, ça draine toujours son lot de casseroles qui remontent à l'enfance et qu'on n'a jamais digérées. Plus la perspective de se goinfrer de manière pratiquement obligatoire de foie gras et de chocolats, de se taper la famille et de dépenser toutes ses économies pour faire des cadeaux à des personnes qu'on n'aime pas, il y a de quoi en être malade. Non ? Moi je dis, Noël ne devrait se passer qu'avec des nourritures liquides, si possible roses et avec des bulles, et entouré des gens qu'on aime. Là, ce serait peut-être supportable. Et encore, ça n'empêcherait pas la remontée des casseroles.

Pense à tes quelques jours au Mexique, à la mer bleue, au sable blanc, aux petits poissons multicolores à grosses bouches jaunes qui viendront vous chatouiller les pieds pendant que vous serez tranquillement, les yeux dans les yeux, en train de siroter des frozen margaritas. Et pense au paquet caché au milieu des chemises. Tout va rentrer dans l'ordre, tu verras. Rien de tel que quelques jours au soleil pour réparer ses bobos de couple. Crois-en mon inexpérience !

PS : Ouais, les escapades au soleil, ça a toujours été mon rêve. Mais je n'ai jamais eu de relation assez longue pour en arriver là.

PPS : Passe à la pharmacie si tu as cinq minutes, je vais te préparer une pochette-surprise !

---

15 décembre 12 h 26
De : Candice@pharmamax.com
À : Emma@artproject.com
Objet : Cadeau

Tu vas rire ! Moi aussi, j'ai un paquet blanc caché dans mon placard ! Mister X l'a mis lui-même dans mon tiroir de lingerie, en me faisant promettre de ne l'ouvrir que le 24 décembre au soir. Je ne sais pas si je vais tenir jusque-là !

Tu ferais quoi, à ma place ?

---

16 décembre 10 h 10
De : Emma@artproject.com
À : Candice@pharmamax.com
Objet : Cadeaueaueau...

Ouvre-le !!!!

---

16 décembre 10 h 12
De : Candice@pharmamax.com
À : Emma@artproject.com
Objet : Re : Cadeaueaueau...

Tu crois ???

---

16 décembre 10 h 13
De : Emma@artproject.com
À : Candice@pharmamax.com
Objet : Re : Re : Cadeaueaueau…

Ben oui ouvre-le… il n'en saura rien. Tu n'es pas obligée de le lui dire, tu peux faire la fille qui découvre son cadeau le jour de Noël… Allez, ma vieille : ouvre-le et dis-moi ce que c'est !

---

16 décembre 10 h 15
De : Emma@artproject.com
À : Candice@pharmamax.com
Objet : Non c'est mal…

Oh non, je ne peux pas faire ça ! J'ai promis d'attendre, j'attends !

---

18 décembre 15 h
De : Emma@artproject.com
À : Candice@pharmamax.com
Objet : Pilules du bonheur

Bon. J'essaie d'être zen, mais c'est dur. Merci, au fait, pour ton paquet, au moins, hier, j'ai réussi à dormir. C'est la première fois depuis dix jours que j'arrive à passer une nuit à peu près complète, et qui démarre avant trois heures du matin. Bon, OK, j'ai rêvé que Mark se tapait une à une toutes les filles qui posaient pour lui en maillot de bain, mais c'était un rêve. Et au moins, j'ai dormi. J'ai dû un peu augmenter la dose de Lexomil, parce qu'avec un quart je n'arrivais pas à m'en sortir. Je me retournais dans mon lit, je me levais, allumais la télé, rangeais mes affaires et m'effondrais au fond du canapé dans une crise de larmes silencieuse pour ne pas réveiller Mark.

Tu sais, je me rends compte d'un truc : c'est allé trop vite, cette histoire. Notre histoire, à Mark et moi. On a démarré sur les chapeaux de roues, au bout d'un mois il me demandait en mariage, on s'est installés ensemble quasiment tout de suite... même si j'ai gardé mon appart. Je me demande pourquoi je l'ai gardé, d'ailleurs. Ou plutôt non, je sais *très bien* pourquoi : pour avoir un sentiment de liberté, imaginer que je peux m'échapper à tout moment. Mais c'est un leurre. La vérité est que je vis chez Mark, et que je laisse mon petit appartement à l'abandon, au point que, plus qu'un refuge, il en devient un élément de déprime supplémentaire. Je n'y vais jamais, je ne m'en occupe même pas. J'ai réalisé ça l'autre jour, en faisant un peu de ménage chez moi, pour que ça ne soit pas trop dégoûtant si je décide de le faire visiter pour le louer. J'ai ouvert le frigo, il y avait dedans un truc vert avec des poils, je ne peux même pas te dire ce que ça avait été dans son stade comestible. Un fruit, un bout de fromage, un gâteau ? Aucune idée. Le jus d'orange était recouvert d'une capsule de moisissure à la façon des étangs ou du thé de cérémonie japonais – celui qui ressemble à un étang, justement – et là, je me suis dit 1, c'est pas le frigo de *9 semaines et demie* (tu te souviens de la scène avec Mickey Rourke et Kim Bassinger ?), et 2, ça doit faire un bout de temps que je n'ai pas mis les pieds ici. Ben ça m'a fait un choc : savoir que j'avais négligé ma maison à ce point... C'est un peu comme si d'une manière tacite j'avais tourné le dos à mon indépendance. Tu vois ce que je veux dire ?

PS : Prozac, on peut aller jusqu'à combien par jour ?

PPS : Tu n'es vraiment pas drôle, pour le cadeau ! C'est tellement agréable, de savoir à quoi s'attendre ! On le savoure d'avance et il n'en est que meilleur...

---

19 décembre 17 h 30
De : Candice@pharmamax.com
À : Emma@artproject.com
Objet : Poils verts

Et si on allait le ranger, ton appart ? Et si, ce week-end par exemple, on allait le remettre en état ? Sans le dire à Mark ? Pas samedi, parce que je vais faire un peu de shopping avec Mister X (je suis curieuse, d'ailleurs, de voir comment on va réussir l'exploit de faire du shopping « dans l'ombre », comme il dit). Mais dimanche, sans problème. Comme ça, si les choses tournent mal (ce que je ne te souhaite pas, évidemment), tu sais que tu as un home sweet home doux et accueillant qui t'attend. Qu'en dis-tu ? C'est important, la maison.

PS : Fais gaffe au Prozac, quand même. Normalement, c'est un par jour... Si on se voit ce week-end, je te passerai une tisane avec des herbes et quelques trucs que j'avais mis au point pour une cliente qui était dans ton cas. Ça avait pas mal marché... Et puis on peut en prendre autant qu'on veut, ce ne sont que des produits naturels.

- -

19 décembre 17 h 40
De : Emma@artproject.com
À : Candice@pharmamax.com
Objet : Re : Poils verts

Ouais. OK, on n'a qu'à faire ça. Pour l'appart, je veux dire. Samedi, euh... non, dimanche, c'est ça, hein, tu m'as dit dimanche. C'est très bien, parce que samedi, Mark travaille toute la journée et je voulais profiter de son absence... ah mais non, c'est dimanche. On se voit samedi ou dimanche ? De toute façon il bosse tout le week-end alors...

Suis fatiguée...

- -

20 décembre 19 h 25
De : Ian@artproject.com
À : Emma@artproject.com
Objet : Ta crise

Emma, je n'ai rien dit tout à l'heure parce qu'il y avait du monde, et surtout il y avait le petit Matheson qui est directement concerné. Mais tu as vu la manière dont tu t'es comportée avec le client qui s'intéressait à *Madonna* ? Tu as commencé, très bien, très pro, à lui faire faire un tour de l'expo, jusque-là, rien à dire. Mais dans le bureau, quand il t'a demandé les prix ! Tu n'étais pas obligée de venir t'asseoir sur ses genoux pour lui montrer la liste. Et de le traiter de gros porc quand il a posé ses mains sur tes hanches… pour t'aider à te relever. Et ensuite, de prendre tes grands airs et de partir sans dire en revoir, pour aller pleurer dans les toilettes. On t'entendait, figure-toi. Et c'était extrêmement gênant. Le type a vaguement toussoté, et puis il s'est levé en disant qu'il allait réfléchir et qu'il reviendrait. Mais si tu veux mon avis, c'est cinquante mille dollars qui sont passés par la porte, et on n'est pas près de les revoir.

Je ne sais pas ce que tu prends, ma chérie, en ce moment, ou ce que tu ne prends pas. Mais je crois que tu ferais mieux de consulter. Tu sais que je t'aime beaucoup, que j'ai beaucoup de respect pour ton flair et tes capacités professionnelles. Mais encore quelques crises comme celle-là et on n'aura plus qu'à mettre la clé sous la porte. Les bruits vont vite, dans le milieu, et il y en a plus d'un qui se feraient un plaisir de flinguer ta réputation. Tu sais comment sont les gens, ici : rien n'est pire, à leurs yeux, qu'une femme qui ne sait pas se tenir. Il faut te reprendre, ma chérie. Je te donne les coordonnées de mon psy, si tu veux. C'est une femme formidable. Je suis sûr que vous vous entendrez.

Ian (inquiet)

---

20 décembre 23 h 50
De : Emma@artproject.com
À : Ian@artproject.com
Objet : QUOI ma crise ?

MAIS QU'EST-CE QUE VOUS AVEZ TOUS À VOUS ACHARNER SUR MOI COMME ÇA ???

---

21 décembre 21 h 45
De : Emma@artproject.com
À : Candice@pharmamax.com
Objet : Casa

Merci... de m'avoir aidée à chasser les poils verts... zen avais besoin... c'est mieux la casa comme ça... vais m'y réinstaller, c'est mieux comme ça... peut-être... bien ta tisane... fait pas planer un peu ?... vachement bonne... un Lexomil entier... dormir...

Suis fatiguée...

PS : Mark... sais pas où il est...

- -

21 décembre 21 h 46
De : Candice@pharmamax.com
À : Emma@artproject.com
Objet : Bouge pas, j'arrive

Ouh là, t'es où, là ?

- -

21 décembre 21 h 47
De : Candice@pharmamax.com
À : Emma@artproject.com
Objet : Réponds !

Emma ???

- -

21 décembre 21 h 48
De : Candice@pharmamax.com
À : Emma@artproject.com
Objet : Réponds, merde !

EMMA. RÉPONDS TOUT DE SUITE ! TU ES OÙ, LÀ ?

- -

21 décembre 21 h 50
De : Emma@artproject.com
À : Candice@pharmamax.com
Objet : Re : Réponds, merde !

Galerie... faut que je prenne ma tisane...

21 décembre 21 h 51
De : Candice@pharmamax.com
À : Emma@artproject.com
Objet : Substances…

Dis-moi juste... que j'apporte un antidote, si c'est nécessaire...
tu as pris quelque chose ? Fumé la moquette ? Pas de blague,
hein, ma vieille !

21 décembre 21 h 55
De : Emma@artproject.com
À : Candice@pharmamax.com
Objet : Re : Substances

Noooooooooon... juste bu la tisane...

21 décembre 21 h 56
De : Candice@pharmamax.com
À : Emma@artproject.com
Objet : Surtout tu ne bouges pas

J'arrive !

22 décembre 10 h 20
De : Candice@pharmamax.com
À : Emma@artproject.com
Objet : Moins une !

Ben dis donc. Le moins que l'on puisse dire, c'est que tu m'as
collé **une** de ces frousses, hier !

Tu aurais vu ta tête, on aurait dit un cadavre. Jamais je n'avais vu quelqu'un d'aussi blanc. À part les yaourts, évidemment, mais pas ceux qui habitaient dans ton frigo, hein ?

J'ai oublié de te dire, ma tisane est un produit très actif et il ne faut pas trop doublonner avec le Lexomil. Ce serait préférable si tu pouvais t'en tenir à deux fois un quart, ou un quart le jour et un demi le soir pour dormir. Et pas plus d'un Prozac, tu vois. Ce qui te permettrait de boire autant d'infusions que tu veux. Elle a l'air de pas mal te détendre, c'est important.

Et puis le soleil va te faire du bien. Vous partez demain soir, c'est ça ? Veinarde. Vous allez me manquer. Oups... Tout va bien se passer, tu verras.

J'ai repensé à ce que tu m'as dit sur le fait de te réinstaller dans ton appartement et de reprendre les choses plus lentement avec Mark. Ce n'est pas idiot. Non... Tu as raison, les choses sont peut-être allées trop vite, ce n'est pas forcément bon si on veut construire une relation qui dure. Là encore, je te dis ça avec des pincettes, parce que tu sais bien : moi, les relations qui durent, ce n'est pas mon fort. Jamais eu. Jamais rencontré le bon partenaire non plus, remarque.

Mark a l'air d'être le bon, lui. C'est pas mal si tu t'éloignes un peu, ne serait-ce qu'un moment. Quelques semaines. Vous continuez à vous voir, mais chacun chez soi. Et pas forcément à chaque fois qu'il en a envie, lui. Il doit éprouver le manque, aussi, la frustration. Comme ça, tu sauras très vite s'il t'aime vraiment. S'il t'aime vraiment, tu lui manqueras, et il fera à nouveau des efforts pour te séduire. Il ne fera plus passer son boulot, et Dieu sait quoi, avant toi. Si tu veux mon avis, ce type a besoin d'en baver un peu. Il faut qu'il te mérite ! Pour le mariage, c'est pareil. Fais-lui croire que c'est toi qui as des doutes maintenant. Dis-lui que tu as réfléchi et que tu préfères repousser la date. Tu vas voir. S'il t'aime, ça va le rendre *dingue*.

Il faut les dresser, ces mecs !

PS : N'oublie pas tes médicaments.

---

22 décembre 11 h 25
De : Emma@artproject.com
À : Candice@pharmamax.com
Objet : Les vacances ?

Je t'ai dit que nous partions demain ? Je ne m'en souviens pas... Tu sais, j'ai vraiment l'impression de perdre la tête, en ce moment. Viva Mexico !

PS : J'ai réduit les doses, je suis moins fatiguée, mais je suis de super mauvaise humeur. Je ne sais pas ce qui est pire. Je me déteste.

PPS : En plus, je n'ai plus le temps de faire du sport, je grossis comme une vache, je suis moche...

PPS : Je suis *obligée* de me mettre en maillot de bain ?

---

24 décembre 14 h 05
De : Emma@artproject.com
À : Candice@pharmamax.com
Objet : Tequila !

Des baisers à la tequila glacée !

C'est délicieux, surtout au soleil. Mais ne t'inquiète pas, ma pharmacienne préférée : je prends mes médicaments consciencieusement, et je fais bien attention aux mélanges ! Tequila-tisane, je ne te dis pas ! Pas de choc, ni thermique, ni chimique en vue ! Pour l'instant...

Joyeux Noël, ma grande !

PS : Alors, tu l'as ouvert, ton paquet ? Tu as été gâtée par le Père Noël ?

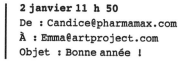

2 janvier 11 h 50
De : Candice@pharmamax.com
À : Emma@artproject.com
Objet : Bonne année !

Ma cocotte ! Tous mes vœux ! J'espère que cette année commence mieux que l'autre ne s'est terminée... et que tu as plus le moral que dans tes derniers PS. J'ai failli te répondre que non, tu *n'es pas* moche, juste un peu bouffie par le stress et le caramel cream d'Häagen-Dazs®, un peu fatiguée... et puis tu sais, ma vieille, à notre âge, les cernes, les joues qui tombent, le teint brouillé et la peau d'orange, il faut commencer à faire avec ! La peau devient moins élastique, elle se déshydrate, les cellules adipeuses se multiplient, elles sont plus coriaces. Comme si, avec le temps, elles s'étaient habituées aux traitements avec lesquels on les prend d'assaut dès qu'on sait lire la taille sur un jean. Sans parler des bras qui font floc-floc. Non, je plaisante. T'es très bien, ma cocotte. Même avec une taille de jean en plus. Il n'y a rien à liposucer. J'en connais plein qui donneraient cher à un chirurgien pour être aussi bien conservées que toi. As-tu essayé ma nouvelle crème, au fait ? Si tu as suivi mes conseils, tu dois avoir un teint de reine ! C'est déjà ça, non ?

Bon, j'arrête mes sarcasmes. Comment ça s'est passé, alors ? Le mariage, toujours d'actualité ? J'ai profité de ces quelques jours toute seule pour faire un peu de shopping. Eh oui ! À peine rencontré, Mister target s'est évaporé avec sa *fiancée* – oh ! Que ce mot m'énerve ! Eux aussi, figure-toi, ils sont partis passer les fêtes au soleil. Remarque, je m'en doutais. Sinon, il n'aurait pas caché mon cadeau dans l'armoire dix jours avant ! Je l'ai ouvert, au fait. C'est... Oh ! Et puis je ne dis rien. Je te le montrerai, tu verras. Mais tu ne crois pas qu'il aurait pu le *dire*, qu'il partait, au lieu de me laisser devant le fait accompli au dernier moment ? Il m'a appelée de l'aéroport, tout penaud... « Euh ! Candice, euh... je ne vous en ai pas parlé parce que, euh... je ne savais pas comment aborder le sujet... Je dois m'absenter quelques jours, je serai de retour le deux. N'oubliez pas d'ouvrir votre cadeau le soir de Noël... vous penserez à moi ! » Et voilà ! Je n'en ai rien laissé paraître, de toute façon, ça n'aurait rien changé, mais j'étais folle de rage. Et puis je me suis raisonnée. Il était encore avec *elle,* c'était difficile pour lui de faire autrement. Mais je me suis promis que, l'année prochaine, c'est *moi* qu'il emmènerait au soleil !

Enfin, disons que c'est un mal pour un bien, puisque j'ai trouvé LA ROBE ! The dress. La it-tenue de ouf. Celle que je mettrai à mon euh... à ton mariage. Tu ne m'en voudras pas si elle est blanche, hein ? Crème, en fait. Ou beige très clair tirant sur le rose, comme tu veux. Je parie que toi, tu trouverais la nuance exacte de blanc dont il s'agit, tu arrives bien à déceler des différences dans tes tableaux monochromes. Ah oui ! Parce que je ne t'ai pas dit, j'ai vu un article sur ton artiste scandinave, là, celui que tu vas représenter bientôt. En photo, on ne peut pas dire que ça rendait terrible, ses toiles. De grands trous blancs. En fait, c'était comme s'ils avaient *oublié* de mettre les photos. Heureusement qu'il y avait les cadres, comme ça, on se doutait bien que le vide blanc, à l'intérieur, ce n'était pas le mur, ou une erreur du maquettiste, ou une grève du service d'iconographie... mais bien les *œuvres* en question. En revanche, la photo de l'artiste lui-même... yummy ! Je n'aurais pas rencontré Mister X, je suis comme toi, ma vieille, je n'aurais pas passé la nuit dans la baignoire.

Pour la robe, je ne sais pas pourquoi, mais je t'entends râler d'ici, ben... c'était *ça* ou noir... mais noir, pour un mariage, ce n'est vraiment pas possible, qu'est-ce que tu en penses ? Surtout pour celui de sa meilleure amie, on ne sait jamais... ça pourrait porter malheur, je me suis dit. J'ai hésité, remarque. Parce que si j'avais pris la noire, j'aurais pu la mettre pour le réveillon. Enfin, vu la gueule du réveillon, j'ai bien fait de ne pas avoir investi. C'était sinistre. C'est la dernière fois que je me fais avoir avec ces réveillons à la Bridget Jones où tout le monde sort son célibataire de la naphtaline pour me le présenter. Ça pue la naphtaline, ces réveillons. D'autant que je leur avais bien précisé, à tous, que cette année, ce n'était pas la peine qu'ils se donnent tout ce mal. Parce que j'en avais trouvé un toute seule.

— Ah ! Mais alors tu vas nous le présenter ! (Voix de ma mère)

— Ben non, il est euh... en famille ! (Moi)

— Hum... ça ne commence pas très bien, ton truc, on dirait. On va te sortir les célibataires quand même, on ne sait jamais. (Re ma mère)

Donc, l'horreur. Les célibataires, la naphtaline... l'horreur totale !

Appelle-moi dès que tu rentres. Je suis très impatiente de savoir où tu en es.

Des smacks, honey,

C

PS : Mais ne m'appelle pas cet après-midi, Mister X est de retour. Yahaaaa !

---

3 janvier 9 h 05
De : Emma@artproject.com
À : Candice@pharmamax.com
Objet : Bonne année mes fesses !

Bonne année à toi, bien que ça m'écorche les lèvres de souhaiter une bonne année à qui que ce soit vu ce qui m'arrive. Et puis bonne année, bonne année, c'est vraiment débile, ces vœux à la... Surtout les beaufs qui te souhaitent « et surtout bonne santé, hein, c'est le plus important, la santé, hein ? » Bande de c... ! Et l'amour, *hein* ? Moi, si on devait me souhaiter un truc qui me fasse *vraiment* plaisir, ce serait une bonne grosse année de bon gros amour bien doudou, tu vois, un truc simple, confortable, avec un mec normal et pas un dingue qui décide de vous épouser au bout d'un mois et vous trompe au bout de trois. Putain d'aller-retour !

Alors voilà, ma vieille, je suis désolée de te dire la chose suivante : ta robe, tu vas pouvoir te la garder, ou la mettre pour ton propre mariage (le lapsus dans ton mail, c'était révélateur ?). Ou en faire des confettis, des torchons pour la cuisine, de la litière pour le chat. Ah oui, c'est vrai, tu n'as pas de chat. Ou même une œuvre d'art, tiens. J'irais même jusqu'à l'exposer à la galerie et à te la vendre très cher, si ça peut te motiver. On ne sait jamais, tu pourrais te découvrir une vocation !

Enfin tout ça pour dire que ta robe, tu peux en faire ce que tu veux parce qu'en ce qui me concerne, c'est mort. Le mariage. Fini. Foutu. *Acabado* (du spanish d'Acapulco). Au feu. Zou. Ya plus. Exit le mariage. Et exit Harry Winston. Pas vu, Harry Winston. Rien. Niet. Nib de nib, *niente*, *nothing* de chez nothing. *Nada* (encore du spanish d'Acapulco, au moins j'aurais appris quelque chose). Pas pris, Harry. J'aurais dû le choper quand le paquet était encore planqué sous ses chemises, c'est vraiment trop bête. Ah oui ! Parce que tu ne sais pas ce qu'il m'a offert, pour Noël, Mark ? *Avant* la méga engueulade qui lui a valu le cactus de table dans la figure... mais il l'avait cherché cette fois. Tu sais ce qu'il m'a offert, Mark, alors que je venais de lui passer sa montre au poignet et que j'étais en train de me dire, le champagne et le reflet de la lune dans la mer aidant, que finalement, ce mariage, ce n'était pas une si mauvaise idée et qu'il devait être possible de récupérer le coup ? Il m'a offert... un livre !

J'étais en train de me dandiner sur ma chaise, m'attendant à voir apparaître un écrin avec un diamant énorme, et c'est *Le Guide du savoir-vivre* qu'il a sorti de son chapeau. Enfin de la poche de sa veste (elle a de grandes poches). Tu parles d'un tour de magie. J'aurais préféré un lapin. Mister Rabbit, oh oui ! Ou une colombe. Remarque, vu l'ambiance, les colombes, ce n'était pas vraiment d'actualité.

Et c'est comme ça que le cactus est parti.

Emma-qui-pique-de-partout

PS : Et en plus, dans le guide, que j'ai eu largement le temps de lire puisque nous avons passé la semaine à nous faire la gueule et à planquer la pince à épiler pour empêcher l'autre de s'enlever les épines d'agave plantées dans son visage (moi aussi, j'y ai eu droit), dans le guide, l'auteur ne dit pas que 1, on n'offre pas pour Noël *Le Guide du savoir-vivre* à la femme que l'on va épouser et que 2, on ne se bat pas à coup de cactus dans la salle à manger —même extérieure– d'un hôtel de luxe. Comme quoi, il n'est même pas complet, son truc. En plus !

---

3 janvier 12 h 10
De : Candice@pharmamax.com
À : Emma@artproject.com
Objet : Épines de…

Aïe aïe aïe aïe aïe… et toi, comment t'es-tu débrouillée pour te retrouver *aussi* avec des épines de cactus dans le nez ? Je n'y comprends rien, à ton histoire…

PS : Mais vous avez *vraiment* décidé de ne plus vous marier ?

---

3 janvier 12 h 25
De : Emma@artproject.com
À : Candice@pharmamax.com
Objet : Re : Épines de…

On s'est battus. Il s'est emparé d'un autre cactus sur la table voisine, un sournois, de ceux qui ont l'air tout doux et tout poilus et qui, en fait, cachent des épines grosses comme des aiguilles d'anesthésiste (la métaphore devrait te parler, à toi…). Donc, il prend le truc et il commence à m'en asséner des coups. Mais violemment, tu vois. Sur les épaules, sur la tête, et même sur le visage… mais là, je crois qu'il ne l'a pas fait exprès. Il a continué jusqu'à ce que le maître d'hôtel vienne nous informer que notre médaillon de foie gras en tortilla nous attendait en room service sur la terrasse de notre suite. Et que le reste suivrait. Stylé, le staff...

Après, le champagne et les shots de margarita aidant, on est tombés d'accord sur le fait que tout ça était vraiment ridicule, indigne des personnes adultes et sensées que nous étions. Mark m'a pris la main en m'adressant une horrible grimace, je lui ai tiré la langue entre mes lèvres pleines d'épines, et nous sommes partis d'un fou rire comme cela ne nous était pas arrivé depuis longtemps. Ça nous a permis de nous réconcilier, un peu. Sauf qu'on n'a rien pu faire à cause des épines. Ne ris pas, je te vois te marrer d'ici, ça faisait un mal de chien, ce truc ! Et le lendemain matin, le matin de Noël, donc, il avait posé un écrin blanc dans mon escarpin.

Je me suis sentie super mal, tu imagines. Avoir manqué d'humour à ce point ! Blotti dans les oreillers, il me regardait avec un sourire en coin, son sourire de chat gourmand qui me fait craquer, et suivait chacun de mes gestes pendant que je défaisais le ruban. Ah ! Zut, mon déjeuner arrive, je dois te laisser...

---

3 janvier 12 h 30
De : Candice@pharmamax.com
À : Emma@artproject.com
Objet : Ah, non, alors !

... tu ne vas pas me laisser comme ça, juste au moment où ça devient croustillant. Ce ne sont pas des manières, ma vieille, tu me mets l'eau à la bouche avec ton histoire, tu m'émoustilles, et hop ! Au moment où, enfin, tu es sur le point de me livrer l'*information,* la seule, la vraie, à savoir ce que contenait ce fichu écrin, pof... tu disparais.

Ce ne sont pas des manières du tout, ma vieille !

C-sur-des-chardons-ardents

PS : Allumeuse, va !

PPS : Mais le mariage ? Il tombe *vraiment* à l'eau ? Je n'arrive pas à y croire, ma vieille...

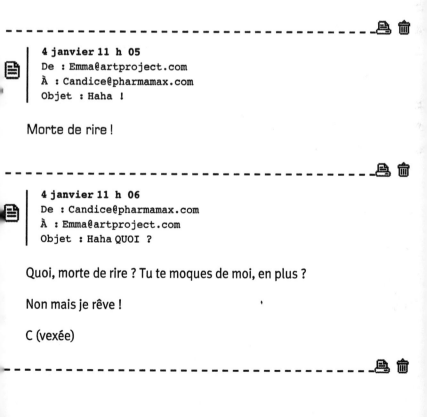

4 janvier 11 h 05
De : Emma@artproject.com
À : Candice@pharmamax.com
Objet : Haha !

Morte de rire !

4 janvier 11 h 06
De : Candice@pharmamax.com
À : Emma@artproject.com
Objet : Haha QUOI ?

Quoi, morte de rire ? Tu te moques de moi, en plus ?

Non mais je rêve !

C (vexée)

4 janvier 11 h 07
De : Emma@artproject.com
À : Candice@pharmamax.com
Objet : Re : Haha QUOI ?

Morte de rire, ma vieille ! Tu dis les choses les plus drôles du monde, quand tu t'y mets... et sans même t'en rendre compte, apparemment...

---

4 janvier 11 h 08
De : Candice@pharmamax.com
À : Emma@artproject.com
Objet : ???

Même pas drôle... Qu'est-ce que j'ai dit, encore ?

---

4 janvier 11 h 09
De : Emma@artproject.com
À : Candice@pharmamax.com
Objet : !!!

Les chardons ! On ne dit pas chardons ardents, mais charbons ardents...

---

4 janvier 11 h 10
De : Candice@pharmamax.com
À : Emma@artproject.com
Objet : Hum...

Alors là, si c'est ça qui te met dans des états pareils, tu peux revoir ta copie ma vieille, parce que 1, chardons, charbons, c'est pareil, ça pique, comme les cactées, tiens ! 2, d'ailleurs, c'est ce que je voulais dire, charbons et 3... ben depuis le temps que tu rigoles toute seule, ils ne sont plus ardents du tout ! Ils sont *éteints,* maintenant les char... bon, tu vois ce que je veux dire.

PS : La suite, la suite !!!

- 🖨 🗑

4 janvier 21 h 50
De : Emma@artproject.com
À : Candice@pharmamax.com
Objet : La suite

... Ah, oui ! La suite. Le paquet dans ma chaussure... hum. Le paquet était tout blanc, sans logo, sans marque, sans rien. Mais sur le coup, j'avais *tellement* honte de ma crise de la veille que je n'ai pas percuté. Mais c'est important pour la suite, tu vas voir. Donc : je pêche le paquet dans ma chaussure, je commence à l'ouvrir, rougissant jusqu'aux oreilles, sous l'œil amusé de Mark. Comme la veille sur ma chaise, je recommence à me dandiner, parce que je sais très bien ce que je vais trouver à l'intérieur... enfin !

Eh bien pas du tout. Figure-toi que dans ce foutu paquet, qui ne venait pas du tout de chez Harry Winston mais de chez Fred (bon, OK, ce n'est pas mal non plus, mais ce n'est quand même pas la même chose... symboliquement, je veux dire), il y avait... même pas une bague, mais un bracelet de mamie, tu sais le truc avec les trèfles qu'on a vu partout. Alhambra, il s'appelle, ou quelque chose du genre. Je le sais parce qu'il y a de la pub partout, c'est vu et revu et archivu, et ce n'est pas le cadeau que l'on offre à la femme que l'on va épouser.

À sa future belle-mère, oui. OK, à sa décharge, il ne la connaît pas.

J'ai pris sur moi pour faire la fille contente, comme tu dis, et même *très* contente : « Ah ! merci mon amour, comme c'est mignon ! » Je n'ai pas pu pousser la mascarade jusqu'au « beau », ou « original », il ne faut tout de même pas exagérer, et voilà. Et maintenant, je suis coincée, parce que 1, je ne peux pas lui demander *où est passé* le paquet Harry Bidule parce que je ne suis pas censée fouiller dans ses affaires, donc je ne suis pas censée l'avoir vu... 2, je *crève* d'envie de savoir à *qui* il l'a donné, tu imagines le traître et 3, ben du coup, j'ai fait la gueule. Et il n'a pas *du tout* compris pourquoi et c'est reparti pour un tour... après avoir essayé de me dérider, il a commencé à ne plus m'adresser la parole. Et pour l'instant on en est là.

Tu crois que je devrais lui dire, pour le paquet ?

Emma (désemparée)

PS : Bientôt un bracelet Alhambra à vendre sur Ebay !

PPS : J'ai recommencé le cocktail Prozac-Lexo (1/4), mais si tu avais quelque chose de plus fort ce serait bien... et puis pareil pour tes pilules mange-graisse, il faut absolument que je reperde les kilos que j'ai pris. Si je dois me transformer en harpie, autant le faire avec panache !

6 janvier 15 h 15
De : Candice@pharmamax.com
À : Emma@artproject.com
Objet : Du nerf !

Bon. Je sais que ce n'est pas marrant, mais je crois que c'est le moment pour vous d'avoir une explication. Vu de l'extérieur, ma cocotte, pardon de te dire les choses aussi crûment, mais... tu es certaine que ton mec, il ne voit pas quelqu'un d'autre ? Parce que, entre les week-ends de boulot, les dîners de boulot, les vacances écourtées au dernier moment pour motif de boulot, et maintenant cette histoire de cadeau, s'il ne te trompe pas ma chérie, il se comporte tout comme. Le boulot a bon dos, mais jusqu'à un certain point. Et puis c'est typique des hommes, ça, de s'inventer un emploi du temps overbooké pour aller batifoler ailleurs. Ils finissent même par utiliser l'excuse sans s'en apercevoir. Comme si ça faisait *viril* de dire qu'on est débordé de travail. Comme si ça excusait toutes les maladresses et autres mufleries, et surtout... comme s'il n'y avait qu'eux qui bossaient.

Le mien a parfois la tentation de me faire le coup, je l'arrête net. D'autant qu'il a un deuxième paravent, celui de sa copine. Je lui ai expliqué l'autre jour que soit il voulait me voir, soit il ne le voulait pas ; soit il le pouvait, soit il ne le pouvait pas ; et qu'il suffisait de le *dire* au lieu de se prendre les pieds dans le tapis d'excuses tellement transparentes que l'on voit à travers. Rien n'est grave du moment qu'on le dit, enfin, c'est mon avis.

Non, vraiment ma cocotte, tu devrais le brutaliser un peu, ton homme !

PS : Reste sur le Prozac et le Lexo, à la limite augmente un peu le Lexo, je te prépare une autre décoction, tu feras gaffe, elle est un peu plus forte que la première, mais elle marche très bien pour les troubles du comportement. Et en complément du Lexomil c'est bien, parce qu'elle a aussi des vertus antifatigue. Et courage !

---

7 janvier 18 h 35
De : Emma@artproject.com
À : Mark@studiomarkandco
Objet : Dîner

Juste pour savoir si tu prévois de rentrer tard ce soir, comme la dernière fois où tu as eu cette longue séance de travail qui s'est finie à trois heures du matin... ou si nous pouvons prévoir de dîner ensemble. Je t'attends, ou j'attaque directement le pot de glace ?

À... (quelle heure ?)

C

---

7 janvier 18 h 40
De : Mark@studiomarkandco.com
À : Emma@artproject.com
Objet : Du boulot par-dessus la tête...

Non. Ne m'attendez pas. Je ne sais pas à quelle heure je rentrerai. Mais doucement sur la glace. Vous en êtes à votre troisième pot depuis notre retour, et franchement, ça commence à se voir...

M

---

7 janvier 18 h 45
De : Emma@artproject.com
À : Mark@studiomarkandco.com
Objet : Merci !

Contente que tu me regardes encore ! Je commençais à me dire qu'il n'y en avait plus que pour les mannequins en maillot de bain !

C

---

7 janvier 18 h 50
De : Mark@studiomarkandco.com
À : Emma@artproject.com
Objet : La confiance…

Votre manque de confiance me touche. Si vous croyez que je n'ai que ça à faire, d'avoir des aventures avec les filles en maillot que je shoote à longueur de journée ! Si vous croyez que j'ai le *temps* ! Je passe ma vie entourée des plus belles filles du monde, c'est du *boulot,* je ne les vois même pas. Pour moi, ce ne sont que des images, vous comprenez ? Alors que vous… si vous êtes capable d'imaginer que *moi,* je puisse vous tromper, c'est que *vous* avez certainement quelque chose à vous reprocher. Non ? On accuse toujours les autres de ce que l'on est capable de faire soi-même. Sinon, on n'y penserait même pas.

Laissez-moi vous demander quelque chose, Emma ? Entre vous et moi, qui doit faire – qui *fait* – confiance à qui ?

PS : Et pour la glace, puisque vous voulez que je vous dise toujours la vérité, je me permets gentiment de vous inviter à diminuer les doses et à consulter votre balance et quelques-uns de vos jeans. Au moins, vous ne pourrez pas me reprocher de vous avoir laissée grossir sans m'en rendre compte, et sans rien vous dire !

----

8 janvier 07 h 05
De : Candice@pharmamax.com
À : Emma@artproject.com
Objet : Nuage rose

Il y a vraiment des hommes qui savent y faire ! Hier, Mister X a débarqué à la maison avec de quoi improviser un pique-nique aux chandelles. Il avait même apporté les chandelles ! Et une bouteille de champagne glacée, de la vodka (glacée, elle aussi, je ne sais pas comment il s'est débrouillé), du saumon fumé et tout un tas de petits zakouskis. « Pour fêter Noël entre nous », il a dit en m'embrassant. J'adore comme il m'embrasse, aucun homme ne m'avait jamais embrassée comme ça avant ! C'est tellement doux....

Il avait même apporté ma tenue ! C'est un coquin, tu sais, il m'avait déguisée en Père [Mère] Noël. Une guêpière en dentelle rouge rehaussée d'une bordure en cygne, avec le string et les mules assorties. Elles m'ont fait penser à toi... et au pape, les mules. Tu te souviens de notre délire sur le pape et ses charentaises ?

Tu sais... je me rends compte que ce n'est pas le moment de te parler de ça, à cause de tes problèmes avec Mark, mais tu es mon amie et il faut que je te le dise : je crois bien que je suis en train de tomber amoureuse. Bon, je me méfie un peu, je me connais, mais là... il est tellement imprévisible, et drôle, chacune de nos rencontres sont tellement magiques. Je me demande si, contre toute attente, je ne viens pas de tomber sur *le bon*. Moi aussi...

Des baisers roses,

C

----

8 janvier 15 h 25
De : Emma@artproject.com
À : Candice@pharmamax.com
Objet : Le secret des placards

Tu as de la chance ! Parce que moi, ça n'a pas l'air de s'arranger, mon histoire. Mais alors pas du tout ! Je crois que tu as raison, pour Mark. Et... tu sais, la possibilité qu'il y ait quelqu'un d'autre. Je ne lui en ai pas encore parlé – je n'y arrive pas, et puis on ne peut pas dire qu'il m'y encourage ! Mais je lui ai fait les poches. J'ai profité d'une de ses longues « séances de travail » (qui, comme tu le pressentais, ressemblent plus à de longues séances d'autre chose !) pour aller explorer tous ses pantalons, toutes ses vestes et tous ses costumes. Et j'ai aussi fait une petite visite dans son placard, assez édifiante. Lorsqu'il s'agit de cacher des choses, les hommes manquent souvent d'imagination, tu ne trouves pas ? À moins qu'il le fasse exprès pour que je trouve, et comprenne sans qu'il ait besoin de me dire quoi que ce soit. C'est une autre possibilité. Et si c'est le cas, et bien au moins il comprendra pourquoi je lui fais la gueule.

Alors, dans ma chasse au trésor, j'ai trouvé :

1, des boutons de manchettes en argent avec des cœurs ;

2, un string *parfumé* (je te jure !) ;

3, plus grave, une vieille carte d'embarquement datant d'un jour où il m'a dit être rentré de Miami par le dernier avion, qui se posait à 23 h 30. Je le sais, parce que nous avions un dîner chez des amis, où je suis allée toute seule, et il venait d'arriver à l'appartement quand je suis rentrée.

Alors que la carte montre qu'il avait pris le vol de midi. Qu'a-t-il fait de son après-midi et de sa soirée ? Mystère. Enfin, mystère, hum... Je ne suis pas née de la dernière pluie, non plus !

4, des factures de fleurs... alors qu'à moi, il n'en offre plus jamais. C'était bon pour le premier mois, ça...

Tu ne trouves pas que ça fait un peu beaucoup ?

PS : Heureusement qu'il y a le Prozac, sinon je ne sais même pas dans *quel état* je serais !

PPS : Et en plus, il m'a traité de grosse ! Il m'a dit de ne plus manger de Caramel Cream, de me peser et d'essayer de voir si je rentrais toujours dans mes jeans. Bon, il ne sait pas que j'ai déjà acheté la taille au-dessus...

PPPS : Je fais quoi ?

8 janvier 15 h 35
De : Candice@pharmamax.com
À : Emma@artproject.com
Objet : Le secret…

Mais *parle-lui* ! Inutile de rester dans le mensonge, tu as besoin de savoir. Tu mérites une explication ! Et puis vous n'allez pas rester comme ça, dans le flou… vous êtes toujours censés vous marier en mai, non ? Tu ne m'as pas répondu, où en êtes-vous ? Ce serait peut-être une bonne idée de tirer les choses au clair *avant,* il est encore temps de tout arrêter. À moins que ce ne soit déjà fait ? Vous avez décidé quelque chose à ce sujet ? Dis-moi…

En tout cas, ne te laisse pas faire, ma vieille. Les mecs, il faut les mettre au pied du mur, tant pis si ça fait mal, mais tu dois connaître la vérité.

PS : Écoute… sans vouloir te saper le moral, c'est vrai que tu as pris un peu, ces derniers temps. Même dans tes nouveaux jeans, tu as l'air, comment dire… un peu serrée. Il y a ce pli sous la fesse qui ne trompe pas, ce n'est pas très joli, tu sais. Et puis ça fait longtemps que tu n'es pas allée à la gym, non ? Hier encore, Sean me demandait de tes nouvelles. Je ne veux pas aller dans le sens de Mark, mais il a raison. Tu devrais essayer de te reprendre en main, ma vieille. Augmente la Xénadrine, si tu veux. Et fais-moi penser, la prochaine fois qu'on se voit, de t'apporter des coupe-faim. Tu regarderas le pot de Häagen-Dazs® autrement, tu verras !

PPS : Si tu veux te défouler, tu peux toujours lui lacérer une ou deux de ses vestes préférées. J'ai une copine qui le fait à chaque fois que son mec la trompe, il paraît que ça lui fait un bien fou ! Entre toi et moi, le pauvre vieux, il est tellement actif qu'il ne doit plus avoir grand-chose à se mettre.

---

8 janvier 17 h 10
De : Emma@artproject.com
À : Candice@pharmamax.com
Objet : Done !

Ça y est, c'est fait !

---

8 janvier 17 h 15
De : Candice@pharmamax.com
À : : Emma@artproject.com
Objet : ?

Quoi ?

---

8 janvier 17 h 17
De : Emma@artproject.com
À : Candice@pharmamax.com
Objet : Charpie

Deux Armani, une Prada, la veste de smoking blanc Dolce et Gabbana… et pour faire bonne mesure, j'ai aussi lacéré les enceintes BO du salon. C'est ouf, on dirait des Fontana. En noir.

---

8 janvier 17 h 19
De : Candice@pharmamax.com
À : Emma@artproject.com
Objet : NON ?

C'est pas vrai ? Tu n'y es pas allée de main morte, ma vieille !
Faudrait que j'essaie, un jour. C'était bon ?

---

8 janvier 17 h 20
De : Emma@artproject.com
À : Candice@pharmamax.com
Objet : Hmmm…

Il va être furieux, non ?

---

8 janvier 17 h 19
De : Candice@pharmamax.com
À : : Emma@artproject.com
Objet : Ben…

Il y a des chances. Mais bon, c'est fait, c'est fait ! T'es incroyable,
comme fille, toi !

---

9 janvier 07 h 25
De : Emma@artproject.com
À : Candice@pharmamax.com
Objet : Ni fleurs…

… ni diadème. Je suis effondrée. J'ai parlé à Mark hier
soir, ou plutôt c'est lui qui m'a coincée dans la cuisine au
moment où j'étais en train de remettre furtivement la
glace dans le congélateur et sortais de l'eau pour me
préparer mon litre de tisane. Il a posé une fesse sur le

plan de travail, juste à côté de moi, respiré un grand coup, d'un air passablement excédé et peu engageant. Il m'a montré les lambeaux de veste et m'a demandé quel était mon problème. N'écoutant que mon courage, j'ai fait l'idiote, j'y arrive très bien ces derniers temps, de mieux en mieux, même, en répondant : « Mais rien, je me suis juste un peu énervée, avec tes histoires de filles en maillot de bain. Je suis crevée en ce moment, entre tout ce qui se passe à la galerie, le petit Matheson, les nouveaux artistes que je viens de signer... mine de rien, c'est du boulot, tu sais (me suis marrée *in petto* en réalisant que j'utilisais les mêmes excuses que lui, comme tu l'as fort justement souligné !) ». C'est là qu'il s'est levé, sous son calme apparent, il était furieux. C'est la Dolce et Gabbana, je n'aurais pas dû y toucher, à celle-là, je *savais* qu'en y touchant, je le rendrais dingue. Je l'ai un peu fait exprès, remarque... Il s'est mis à dresser contre moi un réquisitoire tellement accablant et tellement circonstancié qu'il a fallu que je me défende.

Il m'a traitée d'irascible, de folle, de droguée, en me brandissant sous le nez tous les trucs que tu m'as envoyés, et que manifestement il était allé chercher dans la salle de bains, ce n'était pas de l'improvisation, son truc, il avait *tout* calculé ! Il m'a dit que ça faisait *exactement* un mois que nous n'avions pas fait l'amour (je sais ce que tu vas dire, pour un mec, c'est important !), tu te rends compte qu'il a compté jour pour jour ? Ce à quoi j'ai répondu, c'est parti du tac au tac, que ce dernier point ne devrait pas vraiment le gêner puisque manifestement il avait trouvé chaussure à son pied (pardon pour la métaphore) ailleurs.

Bon, là, il y a eu un blanc. Coupé net dans son élan, le bonhomme. Il est reparti s'asseoir sur le plan de travail, en lissant les pans de ce qui restait de sa veste de smoking. J'ai vu arriver le moment où il allait me demander *comment* je le savais, qu'il avait trouvé chaussure à son pied, et repartir dans son trip sur la confiance dans le couple et tout ça. Je commençais à reculer discrètement vers la porte lorsqu'il m'a arrêtée en plein élan : « C'est normal, il a dit, un homme a besoin de chasser. Mais ça n'enlève rien à notre histoire ! Et ce n'est pas une raison pour... », et d'un geste de la main, il a montré ses fringues : « ça ! »

Il a voulu s'approcher de moi pour m'enlacer et me sommer de comprendre. Piqué la main dans le sac, il redevenait gentil... mais comment comprendre, et comment admettre une chose pareille ? Il en ferait une tête, lui, si j'allais m'envoyer en l'air avec d'autres hommes en lui disant que c'était normal et qu'il en allait, je ne sais pas, moi... de mon hygiène mentale, tiens !

D'ailleurs je le lui ai dit, tu penses, je n'ai pas tenu une seconde, et il m'a regardé comme si décidément je ne comprenais rien à rien, pour finir avec cette phrase que j'adore : « Vous les femmes, c'est pas pareil ! » Explication : « Vous ne pouvez pas coucher avec un homme si vous n'êtes pas amoureuse, alors que nous, si. Et je ne voudrais pas que vous soyez amoureuse d'un autre parce que là, oui, ça enlèverait quelque chose à notre histoire ! »

Tu vois la perversité du propos ! Lui, il peut, ce n'est pas grave, c'est même *normal,* parce qu'il n'est pas amoureux. Et moi, je ne peux pas, parce que si je le faisais, ça voudrait dire que je suis tombée amoureuse... et donc c'est grave. Sauf que moi, je n'aime pas l'idée qu'il reproduise avec une autre les mêmes gestes, les mêmes caresses, les mêmes sourires qu'avec moi, je ne peux pas. C'est juste insupportable.

Et donc je lui ai dit que dans ces conditions, mieux valait ne pas se marier. Je le lui ai dit, moi. Et le pire est que je le pensais. Maintenant... je ne sais plus.

----

11 janvier 12 h 50
De : Candice@pharmamax.com
À : Emma@artproject.com
Objet : Et en plus il ment !

Ma chérie, es-tu bien sûre qu'il te dit la vérité quand il prétend ne pas être amoureux ? De quelqu'un d'autre, je veux dire. As-tu retrouvé la trace du paquet Harry Winston ? Et est-ce que tu crois *vraiment* que, si comme je le subodore (ce n'est pas sorcier !), il l'a donné à l'autre (mieux vaut ne pas te voiler la face, ma cocotte !)... ça ne veut pas dire qu'il en est amoureux ?

Tu crois qu'un homme va offrir un cadeau de ce prix-là, et un tel symbole, à une femme qui lui est indifférente ?

Ouvre les yeux, ma chérie !

C-qui-t'aime-et-qui-pense-à-toi

PS : Tu vas faire quoi ? Tu vas rester avec lui ?

---

15 janvier 10 h 55
De : Emma@artproject.com
À : Candice@pharmamax.com
Objet : Trève

Sais pas. On est allés faire du shopping, acheter des vestes et un nouveau smoking. Il l'a pris noir, impossible de le retrouver en blanc, ils disent qu'ils ne le font plus. On a vu l'expo Giacometti au MoMA, on a soigneusement évité la salle des Rothko. On a dîné à l'italien... C'était fragile, mais c'était doux. Il était gentil ce week-end...

---

15 janvier 15 h 20
De : Emma@artproject.com
À : Candice@pharmamax.com
Objet : ?

Houhou ! T'es là ?

Qu'est-ce que je dois faire à ton avis ?

---

16 janvier 13 h 30
De : Emma@artproject.com
À : Candice@pharmamax.com
Objet : Ça va mieux ?

Alors ? Je suis passée à la pharmacie et on m'a dit que tu étais malade. Qu'est-ce qui t'arrive ? Il paraît qu'ils ne t'ont pas vue depuis vendredi dernier... Ce ne serait pas une excuse bancale pour t'échapper avec ton homme par hasard ? Pendant que sa « fiancée » est coincée au boulot ? Je te connais, je sais que tu en es capable. Bouffonne, va !

En tout cas, laisse-moi te dire que ta préparatrice est un vrai cerbère. Il n'y a pas eu moyen d'avoir la tisane, dont il ne me reste plus (elle est vachement bonne, en plus, qu'est-ce que tu mets dedans ?). Même pas une pauvre boîte de Lexomil. En même temps, je me dis que si elle se mettait à distribuer des médocs quand tu n'es pas là, ce ne serait pas forcément top pour ton commerce. Et puis c'est ta responsabilité qui serait engagée en cas de pépin, pas la sienne, alors finalement, ça vaut peut-être mieux comme ça.

Mais du coup, moi, je suis en panne. Plus rien à me mettre sous la dent.

Où que tu sois ma vieille, reviens vite !

Emma-en-manque-de-copine-et-en-manque-de-médocs

PS : Si tu es sur pied ou dans le coin, tu veux dîner demain ? Mark est en shooting de nuit, si tu vois ce que je veux dire...

17 janvier 18 h 55
De : Candice@pharmamax.com
À : Emma@artproject.com
Objet : Bof…

Même pas ! Je n'étais même pas partie avec mon homme comme tu dis, d'ailleurs ça va faire une semaine que nous ne nous sommes pas vus. J'étais malade comme une bête ! Vraiment ! Une gastro monstrueuse, tu parles comme on a envie de galipettes lorsqu'on est dans cet état ! Mais bon, ça va un peu mieux, là. Il faut juste que je recommence à manger normalement… remarque, du coup, ça a fait un sort aux kilos du réveillon. Ce matin, oh ! miracle ! je rentrais de nouveau dans mon jean ! Un mal pour un bien, finalement.

Pour le dîner, ben non… Je profite de cette première soirée où je suis redevenue à peu près présentable pour voir qui tu sais. Qui tu ne sais pas, d'ailleurs…

Désolée !

Je t'embrasse bien fort,

C

PS : Alors, tu as réfléchi, tu vas faire quoi avec Mark ? Tu restes avec lui malgré tout ?

----

20 janvier 09 h 05
De : Emma@artproject.com
À : Candice@pharmamax.com
Objet : 2ᵉ chance

Tu sais quoi ? J'ai décidé de lui donner une deuxième chance. Il est adorable depuis dix jours, je ne sais pas si c'est l'effet de notre discussion. Peut-être s'est-il rendu compte qu'il était allé un peu trop loin, avec cette histoire d'infidélité. Ou alors il s'est mis à ma place et s'est aperçu qu'en effet, la sensation d'imaginer l'homme ou la femme qu'on aime avec quelqu'un d'autre, ce n'est pas génial... En tout cas, il m'a juré qu'en ce moment, il ne la voyait pas.

L'autre. Je te jure, si je mettais la main sur cette pétasse, je lui tordrais le cou séance tenante ! Nous avons convenu de différer le mariage, qui était tout de même un peu prématuré et ça, il l'a admis. Et de repartir tranquillement sur de nouvelles bases. Et... cette fois, j'ai vraiment envie d'y croire. Parce qu'au fond, si je suis aussi jalouse et si je me mets dans des états pareils, au point de me rendre malade, c'est que je dois être très amoureuse, non ?

On fait un tour à la gym quand tu veux.

Bisous,

Emma

PS : Ouf ! Je me sens mieux, tu ne peux pas savoir. Ce n'est pas si difficile que ça à prendre, une décision !

22 janvier 20 h 55
De : Candice@pharmamax.com
À : Emma@artproject.com
Objet : Re : 2ᵉ chance

J'admire ton courage et je condamne ta naïveté. C'est mon rôle d'amie de te dire ça. D'un côté, je suis contente pour toi, c'est bien que vous ayez réussi à parler Mark et toi, et à trouver une solution plus raisonnable pour votre avenir. Tout ça commençait vraiment à partir dans tous les sens et je m'inquiétais pour toi.

Mais de là à gober tout ce qu'il te dit ! Réfléchis cinq minutes : crois-tu *vraiment* qu'un homme habitué à séduire va y renoncer du jour au lendemain ? J'en ai rencontré des tonnes, des comme lui. Il va continuer, ils continuent tous, quand ils sont formatés comme ça, ils ne peuvent pas s'en empêcher. Il sera peut-être un peu plus discret, tu mettras un peu plus de temps à t'en rendre compte, c'est tout. Il ne fanfaronnera plus en disant que c'est *normal,* parce que je suis désolée, ça ne l'est pas. Lorsque l'on aime vraiment quelqu'un, on fait au moins l'*effort* de la monogamie. En tout cas au début.

Et puis tout repartira comme en quarante. Et toi, comme en plus de t'avoir de nouveau trompée, il t'aura trahie, tu le prendras moins bien et ça finira dans le sang. C'est reculer pour mieux sauter. Sauf si tu acceptes l'idée de vivre, et plus tard de te marier et peut-être même d'avoir des enfants, avec un homme dont tu sais qu'il va voir ailleurs. Il y a des femmes qui s'en accommodent très bien. Mais moi je trouve que tu vaux mieux que ça !

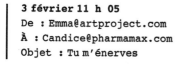

3 février 11 h 05
De : Emma@artproject.com
À : Candice@pharmamax.com
Objet : Tu m'énerves

Candice,

Je n'aime pas ce que tu m'as dit dans ton dernier mail.
Sous le couvert de bons conseils, de conseils « d'amie »
comme tu dis, c'était plein d'amertume et de cynisme. Tu
ne sais pas, toi, tu ne *peux* pas savoir ce que c'est que
d'avoir un homme dans la peau et de s'apercevoir qu'il vous
trompe. Ça fait mal, ça t'oblige à remettre les choses à
plat calmement, c'est-à-dire une fois le choc, les cris, les
larmes, les suffocations de douleur passés. Et là, tu t'aperçois qu'il n'y a que deux solutions : tu restes ou tu pars.
Alors tu essayes de t'imaginer dans les deux cas, seule ou

avec lui, et même, parce que l'aventure t'a rendue méfiante, avec lui qui continue à sauter sur tout ce qui bouge. Enfin, pas tout, quand même. Eh bien, tu ne peux pas savoir ce que c'est que d'aimer quelqu'un au point d'avoir envie, de se sentir capable de tout lui pardonner... même *ça.*

Mark a raison après tout : ça n'enlève rien à notre histoire. Et je te rappelle qu'il m'a dit qu'il ne la voyait plus...

----

4 février 11 h 20
De : Candice@pharmamax.com
À : Emma@artproject.com
Objet : L'autruche

Hum... pas si sûr... c'est ce qu'il t'a dit pour avoir la paix. Les hommes aiment par-dessus tout avoir la paix...

PS : Des nouvelles d'Harry Winston ?

----

4 février 11 h 25
De : Emma@artproject.com
À : Candice@pharmamax.com
Objet : Tu cherches quoi ?

Je ne comprends pas. On dirait que tu cherches à me faire du mal. On s'en fout de cette histoire d'Harry Winston. Je n'aurais jamais dû t'en parler, tiens. Si ça se trouve, c'est moi qui ai mal vu et il s'agissait du paquet Fred qu'il m'a donné pour Noël. J'étais tellement à cran... Je le porte, finalement. Le bracelet. Il n'est pas super beau, mais on s'y habitue.

Tu sais, je suis soulagée d'avoir 1, décidé de continuer avec Mark et 2, décalé le mariage à une date indéterminée. Plus j'y pense, plus je me dis que c'est *ça* qui plombait notre relation. La pression de devoir s'engager pour toujours... sans vraiment se connaître. Maintenant, je prends les choses avec plus de légèreté, et du coup, elles me paraissent plus douces.

Emma (sereine)

PS : On déj un de ces jours ?

---

5 février 10 h 10
De : Candice @pharmamax.com
À : Emma@artproject.com
Objet : Notre déj

Demain, si tu veux. J'ai un rendez-vous important à la pharmacie avec un nouveau labo, qui devrait durer toute la matinée, mais ensuite je suis assez libre. Et si on se retrouvait au Tribeca Grill vers 13 h 30 ? C'est bien, 13 h 30, pour toi ? C'est Mister X qui m'a fait découvrir l'endroit et depuis, je ne m'en lasse pas. Tu connais ? Le restaurant de Robert de Niro. La déco est incroyable, dans le genre bistrot revisité, avec des énormes toiles, ça te plairait. Et la cuisine est top. Je ne comprends pas tous ces grincheux qui se plaignent, notamment les critiques gastronomiques... tu les as lues ? Il y en a, on dirait que leur seul plaisir lorsqu'ils vont déjeuner ou dîner quelque part, c'est de trouver *le* détail qui ne va pas (le poisson pas assez cuit, ou trop cuit, mais c'est tellement délicat, la cuisson du poisson, et puis les goûts diffèrent, la pâte du crumble, la sauce des pâtes, le café, trop long, trop court, trop amer, trop noir...). Je n'aimerais pas faire leur métier, à ces types : à force de traquer la petite bête, il ne doivent plus être capables d'apprécier ce qu'ils ont dans leur assiette. C'est dommage. En tout cas moi, je trouve la cuisine du Tribeca plus qu'honorable pour un endroit à la mode. Et tu sais à quel point je suis difficile !

C'est bon, pour toi, demain ? On y va ? Et puis on ne sait jamais, peut-être verrons-nous l'ami Robert. On dit qu'il y vient, de temps en temps.

PS : Paraît que Suth aussi est un habitué. Tu imagines ?

PPS : Et si tu es sage, je te montrerai le cadeau du Père Noël. Assez cool, le Père Noël, je dois dire. À mon avis, tu vas avoir une attaque, ma vieille !

---

5 février 15 h 50
De : Emma@artproject.com
À : Candice@pharmamax.com
Objet : OK pour moi

Super, 13 h 30 au Tribeca. C'est une excellente idée ! C'est l'un des endroits préférés de Mark, on y dînait très souvent, au début... Longtemps que nous n'y sommes pas allés, d'ailleurs. J'en profiterai pour aller voir les galeries dans le coin. Histoire d'espionner un peu ce que fait la concurrence. Ian m'a dit qu'il y en avait une qui venait d'ouvrir, et dont nous devrions nous méfier. D'après lui, elle serait exactement positionnée comme nous. Artistes jeunes, plutôt étrangers, des œuvres conceptuelles. En fait, il se demande si ça ne vaudrait pas le coup de la racheter ! Il est fou ! On n'arrête pas d'investir, en ce moment. Et puis une galerie sur Broadway et une dans Greenwich, ça risque de devenir compliqué à gérer.

À demain ! Je me réjouis !

PS : Pourquoi dis-tu que je vais avoir une attaque ? Très impatiente de voir ton cadeau, au contraire !

----

6 février 15 h 45
De : Emma@artproject.com
À : Mark@studiomarkandco.com
Objet : Tribeca

Hello Mark,

Juste pour te dire que je sors d'un déjeuner avec une amie au Tribeca, que c'est toujours aussi bon... et que je me disais que ce serait sympa si nous y allions dîner un soir, comme avant. Demain, peut-être ?

Em

----

6 février 15 h 50
De : Mark@studiomarkandco.com
À : Emma@artproject.com
Objet : Tribeca, mais pas tout de suite

Très bonne idée ! Il y a des mois que je n'y suis pas allé. La dernière fois, c'était avec vous, il me semble. Mais pas demain soir… je risque de finir tard. Je sais ce que vous allez dire : encore ! Je me rattraperai, promis !

----

7 février 16 h 25
De : Emma@artproject.com
À : Mark@studiomarkandco.com
Objet : Tu te fous de moi !

Mark, il faut qu'on parle !

----

7 février 16 h 26
De : Emma@artproject.com
À : Mark@studiomarkandco.com
Objet : Tu te fous de moi !!!

Réponds !

----

7 février 16 h 27
De : Emma@artproject.com
À : Mark@studiomarkandco.com
Objet : !!!!!!!!!!

Mark. Réponds-moi, espèce de sale menteur. Il faut qu'on parle. TOUT DE SUITE !

----

7 février 16 h 28
De : Emma@artproject.com
À : Mark@studiomarkandco.com
Objet : Connard !

Tu rentres à quelle heure ?

----

7 février 16 h 40
De : Emma@artproject.com
À : Mark@studiomarkandco.com
Objet : Connard !

Tu as l'intention de rentrer à une heure normale ce soir,
pour que l'on puisse parler, ou tu vas encore aller la sauter ???

---

7 février 16 h 45
De : Mark@studiomarkandco.com
À : Emma@artproject.com
Objet : JE TRAVAILLE ! ! !

Ce soir, je travaille et je rentrerai tard, mais demain on se parle.
D'ici là, je vous recommande de dormir et de vous calmer.
Qu'est-ce qui se passe encore, Emma ? Je vais commencer à fa-
tiguer, moi...

---

9 février 8 h 55
De : Emma@artproject.com
À : Candice@pharmamax.com
Objet : Jalouse

Pourquoi n'arrive-t-on *jamais* à tenir ses bonnes résolu-
tions ? Pourquoi faut-il qu'un détail *complètement anodin*
vous fasse de nouveau péter les plombs ? Deux jours que
je ne dors pas, depuis notre déjeuner en fait, deux jours
que je recommence à fliquer Mark, à lui faire les poches,
à tout trouver suspect. Et quand on cherche, on trouve,
hein ? À tous les coups, on trouve. Encore mis la main sur
des factures de fleurs, et une note du Tribeca Grill, tiens,

justement. Moi qui te disais que nous y allions tout le temps, au début. Eh bien, on dirait que ce n'est plus moi qu'il y emmène, ça m'a fichu un choc ! D'autant qu'en sortant de notre déjeuner, je lui avais envoyé un mail en lui proposant d'y retourner en amoureux, « comme avant », et il m'a répondu que c'était une très bonne idée parce qu'il n'y était pas allé depuis des mois, et que la dernière fois, c'était avec moi. Or la facture date de fin janvier (des *mois*, hein ?)... et encore d'un jour où il n'était pas censé être à New York.

Hier, je lui ai sauté dessus dès qu'il est rentré et je lui ai tout mis sous le nez, en lui rappelant qu'il m'avait promis de ne plus la voir et tu sais ce qu'il m'a rétorqué : « Ce n'est pas la même, c'est une autre. Il faut que vous compreniez que je ne peux pas m'en passer. Mais ça n'enlève rien à notre histoire. » J'ai beau dire, je ne suis pas prête à l'accepter. Rien à faire. Je n'y arrive pas. Vivre avec un type structurellement infidèle, on a beau se raisonner et se dire que ce n'est pas grave, parce qu'en plus, au fond de moi je suis persuadée que ce n'est pas grave, c'est juste impossible.

Et tu sais quel a été le déclic ? Ta bague. Elle m'a rendue hystérique, ta bague ! Au début, quand tu me l'as montrée, je n'ai pas réalisé, j'étais contente pour toi. Mais c'est sur le chemin du retour que j'ai commencé à gamberger. J'étais folle de rage. Que ton mec, que tu ne connais que depuis quelques semaines, t'offre pour Noël un diamant (bon, OK, pas énorme, mais quand même)... Harry Winston, en plus ! C'est ça qui m'a fait disjoncter. Tout est revenu, le paquet blanc, les factures... À un moment, je me suis même demandée si vous n'étiez pas tout les deux en train de vous payer ma tête et si ce n'était pas lui, Mark, ton mystérieux amoureux. Non, je déconne. Mais je te jure, l'idée m'a effleurée disons, une nanoseconde. Tu vois dans quel état j'arrive à me mettre ?

Je le lui ai dit, d'ailleurs, à Mark. Que ma meilleure amie venait juste de rencontrer quelqu'un qui, au bout de quelques semaines, lui avait offert comme cadeau de Noël un diamant de chez Harry Winston. Bon, j'ai un peu exagéré sur la taille du diamant, je voulais qu'il se sente vraiment radin et vraiment mal. Ben je peux te dire que ça a jeté un blanc. C'est toi qui as vu juste dès le départ, ma vieille. Je ne sais pas à laquelle, mais *mon* diamant, il l'a offert à une autre !

Je me bourre de Lexomil, je dors, et quand je ne dors pas, je peste contre lui et le harcèle de sms furieux, je lui demande des comptes sur ses horaires, et cette nuit, je l'ai obligé à dormir sur le canapé...

Tu avais peut-être raison, quand tu disais que je ne tiendrais jamais et que c'était reculer pour mieux sauter... Je ne sais plus quoi faire...

PS : On dîne ce soir ? Il m'a dit qu'il travaillait, mais je suis prête à parier qu'il est encore avec *elle...*

9 février 13 h
De : Candice@pharmamax.com
À : Emma@artproject.com
Objet : Dîner

Je ne peux pas ce soir… je vois Mister X. Mais c'est sain, ta colère, ma cocotte. Bravo. Continue dans ce sens, énerve-toi, pleure s'il le faut, tout doit sortir ! Et demande-toi de manière objective si ce type vaut vraiment la peine que tu acceptes d'être traitée comme il te traite.

OK, c'est un grand photographe, il est drôle, connu, vous faites ensemble des choses glamour, vous sortez… enfin, vous sortiez. Mais regarde : vous ne faites plus rien, tu ne profites même plus du fait que ce soit un bon amant (c'est toi-même qui me l'a dit), vous ne sortez presque plus ensemble, et bientôt, on va le voir s'afficher avec une autre. Parce que c'est ce qui va arriver, ne te fais aucune illusion. Et là, tu auras l'air de quoi, ma cocotte ?

Est-ce bien la peine de rester avec un mufle qui t'humilie et te fait pleurer juste pour avoir une bonne table au restaurant ? Réfléchis.

Et demande-lui des explications. Inutile de continuer à broyer du noir toute seule dans ton coin, tu sais, parfois on arrive à imaginer des choses bien pires que ce qu'elles sont vraiment. Demande-lui des explications, il va vraisemblablement essayer de se défiler, mais insiste. Il te les doit. Tu dois savoir, et sait-on jamais… peut-être auras-tu une bonne surprise (entre nous, ça m'étonnerait, mais bon).

Sois forte, ma vieille.

Ton-amie-Candice-qui-sera-toujours-là-pour-toi (bon, sauf ce soir, d'accord !)

----

10 février 07 h 01
De : Emma@artproject.com
À : Candice@pharmamax.com
Objet : Snif…

Il est parti. Mark. Je l'ai attendu hier soir, et quand il est rentré à deux heures du matin, je lui ai demandé des explications. Comme tu me l'avais conseillé. Pour tout. D'où il venait pour commencer. Il m'a resservi l'excuse du boulot et je lui ai dit *cash* que je ne le croyais pas, ce qu'il a très mal pris. Il s'est un peu énervé et a recommencé avec son truc sur la confiance dans le couple, disant que c'était la condition absolue pour que ça puisse marcher, sinon, ce n'était pas la peine. Un type qui m'avoue, quand je le prends la main dans le sac, qu'il me trompe de temps en temps, mais que ça n'enlève rien à notre histoire (parce que c'est quand même ce qu'il a eu le culot de me dire, tu te rappelles !). Et il me parle de *confiance* ?

J'ai rebondi là-dessus (ou plutôt bondi, ça m'a énervé qu'il *ose* parler de confiance alors qu'il arrivait d'on ne sait où, probablement de chez *elle*, alors la confiance…), en lui brandissant sous le nez les nouvelles factures que j'avais trouvées dans son placard. Dans la foulée, je lui ai aussi parlé du paquet Harry Winston, qui avait séjourné sous ses chemises juste avant Noël, pour disparaître après. Parce qu'il fallait que ça sorte, ça aussi ! Il ne s'était pas envolé tout seul, ce paquet. Et là, il est devenu livide. Je te passe le discours sur le fait que je fouillais dans ses affaires, et depuis combien de temps, et qu'il avait toujours été honnête avec moi (quand je le coinçais parce que sinon, on ne peut pas dire qu'il faisait *spontanément* preuve d'honnêteté)... et que de toute façon – il a recommencé, ça m'a rendue encore plus folle de rage ! – « tout ça n'aurait rien enlevé à notre histoire si tu ne t'étais pas conduite comme une harpie hystérique en allant me faire les poches ». J'ai souligné que je ne lui avais pas fait les poches, seulement les placards, mais l'argument n'a eu pour résultat que de l'énerver encore plus (« et en plus, vous êtes de mauvaise foi ! » il a dit). Il a absolument tenu à ce que j'avoue que tout était de *ma* faute, j'ai tenu bon, il a insisté.

Manifestement il brûlait de partir, mais il ne voulait pas prendre l'initiative de la rupture, il attendait que je le fiche dehors, ou que je lui dise que oui, tout était de ma faute, pour l'alléger, tu vois. Et il s'est dirigé vers la porte en braillant : « Puisque c'est comme ça, je me casse ! » Sauf que nous étions dans son appart, alors il s'est arrêté net et m'a dit que ce serait mieux si *moi* je partais. Toujours cette manière d'essayer de me faire porter la responsabilité de l'acte, tu vois...

PS : Je rentre à l'appart demain soir... tu ne viendrais pas m'aider à chasser les trucs verts qui ont encore dû pousser dans le frigo et me tenir la main pendant que je me fais un plein de célibataire ?

----

11 février 11 h 05
De : Candice@pharmamax.com
À : Emma@artproject.com
Objet : Un mal pour un bien

Ma cocotte, écoute : je sais que c'est dur sur le coup, mais finalement, il t'a rendu service ! Tu t'imagines mariée à un type qui ne peut pas « s'empêcher », comme il dit, d'aller voir ailleurs ? Un type qui se cache, qui te ment ? S'il est déjà comme ça alors que tu es au top de ta forme et que vous vous connaissez depuis quelques mois à peine, tu imagines ce que ça aurait été quand tu aurais été enceinte, avec un gros bide et des nausées ? Tu crois que c'est un homme à supporter une femme déformée, fatiguée, stressée par la grossesse, tu crois que c'est un homme à rester auprès de toi et à te tenir la main ? Il aurait fui, oui, plus tu aurais eu besoin de lui, plus il se serait barré pour aller en butiner d'autres... avec un corps moins difforme. Genre ces pouffiasses de mannequins qui doivent lui faire du gringue toute la journée pour assurer leur carrière de portemanteaux anorexiques. Voilà ce qui t'attendait, ma vieille ! C'est mieux de s'en apercevoir avant que lorsque l'on est en plein dedans, non ? Et que les choses sont irréversibles, parce qu'une fois mariée et enceinte, ce n'est pas évident de reprendre sa liberté.

Tu sais le fond de ma pensée ? C'est que tu l'as échappé belle ! Laisse ce connard à ses fantasmes, laisse-le s'arranger avec sa manière de voir la vie à travers de grosses œillères et sois contente (je sais, ce n'est pas facile de se dire que l'on doit être content dans des moments pareils !) de ne plus être concernée.

Tu vas en trouver des tonnes, des mecs, tu vas voir !

PS : Pas de problème pour ce soir, j'arrive à 19 heures avec une bouteille de champagne. On va fêter ça ! Et pour le plein de célibataire comme tu dis, un tuyau : tu dois toujours avoir un paquet de saumon fumé et des blinis dans ton frigo... on ne sait jamais ! Maintenant que tu es libre...

PPS : Tu veux que je t'apporte quelque chose pour t'aider à tenir le coup ?

11 février 11 h 10
De : Emma@artproject.com
À : Candice@pharmamax.com
Objet : Substances

Oui, je veux bien que tu me refasses mon stock de Lexo, à moins que tu n'aies une autre idée... c'est la nuit qui est difficile, et en même temps je ne peux pas trop m'assommer parce que le matin, il faut que je bosse !

J'ai l'impression que je ne vais jamais tenir le coup professionnellement. Et je ne peux pas faire ça à Ian, tu comprends. Ce n'est vraiment pas le moment. D'une manière ou d'une autre, je dois tenir !

11 février 11 h 12
De : Candice@pharmamax.com
À : Emma@artproject.com
Objet : Re : Substances

OK, je m'occupe de ton cas. Je pense à une décoction de mon cru qui devrait faire l'affaire... mais comme le contenu n'est pas à 100 % en vente libre ici, surtout n'en parle à personne ! En revanche, il est très efficace contre les baisses de régime. Il en a remonté plus d'un ! Tu m'en diras des nouvelles.

PS : Je risque d'être un peu en retard ce soir parce que Mister X m'a demandé de passer chez lui – *chez lui !* Tu te rends compte ! – ce qui n'était jamais arrivé. Il a l'air de se passer des trucs dans sa vie, j'essaye d'en savoir un peu plus et je te raconterai... Ça te changera les idées.

À ce soir !

11 février 20 h
De : Emma@artproject.com
À : Candice@pharmamax.com
Objet : T'es où ?

Tu arrives quand ?

11 février 21 h 45
De : Emma@artproject.com
À : Candice@pharmamax.com
Objet : Lapin ?

Merde ! Tu m'as oubliée ? Tu imagines dans quel état je suis...

11 février 23 h 50
De : Emma@artproject.com
À : Candice@pharmamax.com
Objet : …

Ouais, alors c'est même plus la peine... chuis... chuis pleuré les larmes de mon... chuis trop toute seule ma vieille... cassée... oh et puis merde !

PSSS : J'ai plus de vodka.

---

12 février 00 h 10
De : Emma@artproject.com
À : Mark@studiomarkandco.com
Objet : Sale type

À cause de toi... te déteste... tu peux crever... crever... moi... va chier connard...

---

12 février 01 h 10
De : Emma@artproject.com
À : Mark@studiomarkandco.com
Objet : Stp

Et surtout, saute-la bien pour moi connard... je parie qu'elle aussi tu la saucissonnes dans tes guêpières de vieux pervers libidineux... beurk !

---

12 février 01 h 15
De : Emma@artproject.com
À : Mark@studiomarkandco.com
Objet : !!!!!!!!!!!

!!!!!!!!!!!!

---

12 février 01 h 25
De : Emma@artproject.com
À : Mark@studiomarkandco.com
Objet : Microscopique

M'en fous, t'étais un mauvais coup...

----

12 février 03 h 00
De : Emma@artproject.com
À : Mark@studiomarkandco.com
Objet : Rallume ton portable, merde !

Trois heures que j'essaie de te joindre, c'est pas une raison pour disparaître comme ça !

----

12 février 04 h 25
De : Emma@artproject.com
À : Mark@studiomarkandco.com
Objet : Stp

Steplait, réponds-moi... je t'aime

----

12 février 04 h 35
De : Emma@artproject.com
À : Candice@pharmamax.com
Objet : Ya personne ?

Candice, pourquoi t'as disparu, toi aussi ???

----

12 février 11 h 25
De : Candice@pharmamax.com
À : Emma@artproject.com
Objet : Oups...

Bon. Je suis désolée. Je me suis réveillée tard, on a... on a dormi chez lui. J'aurais dû lui dire en arrivant que je ne pouvais pas rester parce que je devais passer voir une amie, je le lui ai peut-être dit d'ailleurs, je ne sais plus. Si, j'ai dû lui dire. Mais les choses... enfin tu sais comment ça se passe dans ces cas-là, on commence par un bisou et puis on ne sait pas où ça nous mène. Je... Enfin, je me suis endormie.

Je suis vraiment désolée, ma vieille.

PS : J'ai déposé le paquet dans ta boîte aux lettres en partant ce matin, je ne voulais pas te réveiller... mais je me suis dit que tu risquais d'en avoir besoin.

```
12 février 11 h 35
De : Candice@pharmamax.com
À : Emma@artproject.com
Objet : Posologie
```

Oui, alors je ne t'ai pas dit, la tisane, tu fais infuser une cuillerée par tasse, matin et soir. Au bout d'une semaine, si tu as toujours du mal à dormir, tu peux monter à deux cuillerées dans celle du soir, mais pas plus. Surtout. Et si tu passes à deux cuillerées, évite de prendre trop de Lexo. Les effets peuvent s'annuler. Un quart de Lexo le soir, un quart le matin, en même temps que la tisane, c'est bien. Il est possible que tu aies des vertiges, ou un peu mal à la tête au début, mais c'est normal. Ça va passer au bout de quelques semaines, ne t'inquiète pas.

Possible aussi que tu n'aies pas trop faim... mais ça, profites-en, c'est comme un régime naturel. Ça va te remettre tout d'aplomb, tu vas voir. Et puis tu perdras les quelques kilos qui t'embêtent sans même t'en apercevoir.

Suis bien les indications et surtout n'en parle à personne. C'est une vraie fleur que je te fais, là.

PS : Tu veux déjeuner demain ?

-- 🖨 🗑

13 février 01 h 12
De : Emma@artproject.com
À : Mark@studiomarkandco.com
Objet : xxx

Je t'aime.

-- 🖨 🗑

13 février 02 h 00
De : Emma@artproject.com
À : Mark@studiomarkandco.com
Objet : xxx

Faut qu'on parle. Mark !

-- 🖨 🗑

13 février 03 h 19
De : Emma@artproject.com
À : Mark@studiomarkandco.com
Objet : xxx

C'est ça, vas-y, saute-la ta pouffiasse en guêpière, j'espère qu'elle va te coller une maladie vénérienne et que tu la refileras à la suivante. Ou à toutes celles que tu tronches en même temps.

-- 🖨 🗑

13 février 05 h 20
De : Emma@artproject.com
À : Mark@studiomarkandco.com
Objet : xxx

Ouf ! Ça m'a pris du temps, mais tous tes « amis » sur Facebook sont au courant pour ta maladie vénérienne. J'ai

195

même trouvé toutes les infos médicales et les détails... je t'ai refilé un truc vraiment contagieux, mec, qui se transmet même si tu mets un préservatif et qui peut rendre les filles stériles... Tu vas voir comment elles vont te regarder maintenant, tes copines.

Et puis on peut leur faire confiance : le bouche-à-oreille aussi, c'est contagieux !

Ceinture, mec ! Je connais un très bon monastère, si tu veux...

---

14 février 14 h 10
De : Emma@artproject.com
À : Candice@pharmamax.com
Objet : Spleen

Candice,

Je n'ai pas répondu à ton invitation à déjeuner parce que j'avais décidé de ne plus jamais te parler – j'ai très mal pris le lapin de l'autre soir, et la gueule de bois qui s'en est suivie –, mais j'ai *besoin* de parler à quelqu'un. Considère que je suis toujours fâchée, mais que je te parle parce que tu es la seule personne que j'ai sous la main et qui connaisse un peu l'histoire.

Je ne suis pas en état de tout recommencer à zéro avec une autre amie. D'ailleurs, tu es – enfin je croyais que tu étais, avant le lapin de l'autre soir, hein –, mon amie la plus proche. Dis-moi si tu veux encore que je te considère comme ma meilleure amie. J'ai déjà perdu mon mec, je peux aussi perdre ma meilleure amie, au point où j'en suis !

C'est difficile aujourd'hui, avec tous ces connards qui s'offrent des cœurs, des cartes débiles avec des cœurs, des petits lapins – haha, lapin ! – qui s'embrassent avec des cœurs. J'ai voulu m'acheter des fleurs ce matin pour égayer un peu la maison, et tu sais quoi ? Le fleuriste n'avait que des roses rouges, ou des espèces de bouquets en forme de cœur. « On les a faits spécialement pour la Saint-Valentin ! » il a dit, fièrement. Je te jure, j'ai failli les lui faire bouffer, ses bouquets. J'ai essayé en vain de lui expliquer que moi je ne voulais que des fleurs coupées *normales* pour faire joli dans ma maison, que je me les achetais pour moi parce que justement il n'y avait plus personne pour me les offrir et que d'ailleurs toute cette exploitation commerciale d'un sentiment qui la plupart du temps n'est même pas de l'amour finissait par me gaver... Il m'a regardée avec des yeux ronds, a haussé les épaules et a dit que dans ce cas, il valait mieux que je revienne demain. En plus, demain, les roses rouges seraient en solde.

Oui, mais c'est aujourd'hui que je les voulais, les fleurs. Et surtout pas des roses rouges ! Parce que je suis trop triste, parce que je suis toute seule, et qu'aujourd'hui, même si on s'en fout de toute cette mascarade, c'est trop triste d'être seule. On se sent encore plus seule. C'est débile. Oui, il a dit, le fleuriste, je comprends. Mais demain, les roses rouges seront en solde. Je suis sortie en vitesse, parce que je crois que s'il disait un mot de plus, en solde ou pas en solde, ses roses... je ne répondais plus de rien !

PS : Très bonne, ta tisane, au fait... sauf que pour l'instant, à part mal au crâne, elle ne me fait rien du tout ! Mais le goût est génial ! Je peux augmenter les doses ?

PPS : Fais-moi mal... tu fais quelque chose, toi, ce soir, avec Mister X ?

----

14 février 18 h 05
De : Candice@pharmamax.com
À : Emma@artproject.com
Objet : Tiens bon !

Non, non, n'augmente rien avant de l'avoir prise pendant sept jours. C'est le temps d'adaptation nécessaire pour qu'elle commence à faire de l'effet.

Si je fais quelque chose ce soir ? Ben... euh... oui. Mais je ne sais pas quoi, c'est une surprise. Il passe me prendre à 18 h 30, il m'a fait porter tout à l'heure à la pharmacie un cadeau que je suis priée d'arborer ce soir. Sous une robe un peu habillée, m'a-t-il dit. Je vais mettre la crème, tu sais, celle que j'avais achetée pour ton... oh pardon ! Pardon, pardon, pardon, ma chérie ! Mais quelle gaffeuse je suis, ce n'est pas possible de faire tout le temps des gaffes comme ça. Tu me pardonnes ?

Ouh là, déjà 6 h passées ! Il faut que je fonce me préparer. Je n'ai même pas pris ma douche, et il faut que je me lave les cheveux et que je me passe de l'huile de vanille sur le corps. Et que je rentre dans son truc, là... Bon. Je te laisse. Te raconte tout demain !

PS : Comment va ta tête ?

---

14 février 23 h 55
De : Emma@artproject.com
À : Mark@studiomarkandco.com
Objet : VD

Je te souhaite une joyeuse VD... comme Venereal Disease.

---

15 février 00 h 5
De : Emma@artproject.com
À : Mark@studiomarkandco.com
Objet : ???

Tu es avec *elle*, hein ?

---

15 février 12 h 25
De : Emma@artproject.com
À : Candice@pharmamax.com
Objet : Quoi, ma gueule, qu'est-ce qu'elle a, ma gueule ?

Ma tête va... bof. Je commence à avoir de vraies migraines et ce matin, j'ai eu une sorte de vertige en me levant... et puis après, c'est passé... tu sais ce que c'est, peut-être ? Un peu de mal à la galerie... trop long... la position assise, je veux dire, elle fait mal aux jambes, comme si le sang avait du mal à circuler... des varices... manquait plus que ça. La dose, je peux augmenter... quand ?

Voulais te dire au fait... contente que tu sois là... ça me fait du bien que tu sois là pour moi... vraiment ma meilleure amie... merci...

PS : Forward lettre à Mark, t'en penses quoi ? On parle pas, il ne répond pas au téléphone. Ni à mes mails... faut que j'écrive...

PPS : Ta soirée hier ?

---

15 février 12 h 28
De : Candice@pharmamax.com
À : Emma@artproject.com
Objet : Génial !

Quelle soirée incroyable ! Je suis vraiment tombée sur la perle, avec Mister X, tu sais ? Il est passé me prendre, comme convenu. Il m'a emmenée au Met voir *La Traviata...* C'est tellement romantique, comme opéra. Tu te rends compte que je n'avais jamais mis les pieds à l'opéra de ma vie ? Je ne l'ai pas trop laissé paraître, de peur de passer pour une inculte, mais j'étais émerveillée. Comme une petite fille.

Après, il m'a emmenée souper au Tribeca Grill, ils avaient préparé un menu spécial avec des tagliatelles aux truffes, une demi-langouste et des profiteroles au chocolat, le tout arrosé d'un champagne rosé délicieux. Après... Non, après, je ne peux pas te raconter... Quand même. Trop, trop hot. C'est censuré !

---

15 février 12 h 35
De : Emma@artproject.com
À : Candice@pharmamax.com
Objet : Projet de lettre
Pièce jointe : Lettre d'Emma à Mark

Tu as de la chance, toi. Bon. Voilà la lettre que je vais lui envoyer...

Mark mon amour,

Pardon pour mes messages précédents. Je m'aperçois que je n'aurais pas dû te harceler, je comprends que notre séparation doit t'être difficile, à toi aussi. Tu ne m'aurais pas demandée en mariage aussi vite si tu n'avais pas été éperdument amoureux. Peut-être es-tu en train de réfléchir, et je comprends, et je respecte ton silence. Pardon pour le contenu de mes messages, j'étais perdue, triste, je suis perdue, et triste... je ne savais pas ce que je faisais.

Aujourd'hui encore, je n'arrive pas à comprendre comment nous avons fait pour en arriver là. Tout avait si bien démarré entre nous. J'ai le sentiment que nous avons tout gâché. En allant trop vite, peut-être ? Pour ma part, je sais que la perspective du mariage m'a stressée, et que plus je voyais la date approcher plus ça me semblait, comment dire... prématuré. J'ai besoin de temps pour m'engager, ça a toujours été comme ça. J'aurais dû t'en parler. D'un autre côté, j'aimais bien cette sensation de me laisser porter par les événements.

Tu sais, j'ai réfléchi à ce que tu voulais dire quand tu affirmais que les autres femmes « n'enlevaient rien à notre histoire ». Je crois que je comprends. Vous les mecs, vous arrivez à dissocier le sexe de l'amour, quand chez les femmes ils forment un tout. C'est ça ? C'est pour ça que coucher avec d'autres femmes que celle que vous aimez n'a pas d'importance à vos yeux, parce qu'elles ne sont qu'un coup... c'est ça ? C'est dur, tu sais, pour une fille de se mettre dans la peau d'un garçon, mais j'ai essayé et je crois que j'ai compris des choses.

J'ai compris surtout que je ne t'avais pas compris. Je suis désolée. Je suis prête à en parler et, si tu veux, nous pourrions repartir sur de nouvelles bases.

Toi et moi.

C'est ce que je souhaite plus que tout au monde.

Je t'aime,

Emma

---

15 février 12 h 40
De : Candice@pharmamax.com
À : Emma@artproject.com
Objet : T'es folle ou quoi ?

Arrête ça tout de suite, ma vieille ! T'es folle ? J'espère qu'elle n'est pas partie, ta lettre, parce que dans le genre lopette, tu fais très fort. Tu te rends compte de ce que tu écris ? Tu prends tout sur le dos, alors que, je suis désolée, mais c'est quand même lui qui a commencé à aller se taper la terre entière dans ton dos alors que vous aviez décidé de vous marier.

Et tu as déjà oublié l'épisode Harry Winston ? Même si les mecs ne sont pas formatés comme les nanas pour ce qui est du sexe, offrir à sa maîtresse le diamant qu'on avait acheté pour sa future femme, pardon... c'est pire qu'un coup, ça, dans le genre trahison.

Et le fait de te planter juste avant la Saint-Valentin ? Pour aller la passer avec *elle,* certainement. Tu trouves ça bien ?

Tu ne vas pas tout accepter de ce connard, ma vieille ! Et puis quoi, encore ? Tu ne vas pas t'aplatir et en redemander ! Estime-toi un peu, merde ! Tu vaux mieux que ça ! C'est normal d'avoir envie de récupérer le coup, de se dire que peut-être, tout n'est pas fini, mais crois-moi.

Pas comme ça.

Si tu veux avoir une chance de le récupérer, ton Mark, il n'y a qu'une chose à faire : lui tenir la dragée haute. Il n'y a que ça qui marche, avec eux...

PS : Je te fais des corrections sur le texte et je te le renvoie si tu veux

PPS : Bonne nouvelle ! Tu peux prendre deux cuillerées de tisane le soir ! Comment vont tes migraines, au fait ?

17 février 17 h
De : Candice@pharmamax.com
À : Emma@artproject.com
Objet : Ta lettre
Pièce jointe : Lettre d'Emma à Mark (corrigée)

Voilà, tu pourrais lui envoyer quelque chose dans ce goût-là. J'ai supprimé les larmoiements, les hommes détestent ça, mais je ne crois pas avoir trop trahi ta pensée. Tiens-moi au courant !

Mark,

Comme tu n'as même pas pris la peine de répondre à mes messages précédents, il me semble qu'une petite explication s'impose. Je veux bien admettre que tu aies besoin de temps – ou de calme – pour réfléchir à la suite à donner à notre histoire, mais ce n'est pas une raison pour disparaître. Et puis ne réfléchis pas trop longtemps, mon vieux, parce que je ne vais pas non plus passer ma vie à t'attendre. S'il te reste une toute petite chance de recoller les morceaux, c'est maintenant.

Une chose est certaine en tout cas : si, par une extravagance de ma part, j'acceptais de renouer avec toi, le mariage, tu oublies. Je me suis aperçue que je n'étais pas faite pour, c'est ça qui m'a stressée... Tout l'incident vient de là, peut-être. Quant au fait d'avoir des enfants, je te préviens d'avance : c'est niet. Tu n'imagines tout de même pas que je vais mettre en péril mon corps et ma carrière pour donner naissance à un gniard vociférant. Qui risquerait de te ressembler, en plus !

Une dernière chose : si j'accepte de revenir, je ne veux plus jamais entendre parler des autres femmes. Ce que je veux dire par là, c'est que je ne veux pas qu'il y en ait. Ni une, ni plu-sieurs.

Jamais. Je ne suis pas d'accord quand tu dis que ça n'enlève rien à notre histoire, moi je trouve que ça enlève tout. Parce que ça flingue la confiance que l'on peut avoir l'un dans l'autre, tu vois...

Moi aussi, j'ai réfléchi. On peut recommencer si tu y tiens, mais à mes conditions.

Je t'embrasse,

Emma

----

18 février 15 h 50
De : Emma@artproject.com
À : Candice@pharmamax.com
Objet : Lettre

Oui, enfin c'est quand même un peu sec, ton texte, non ? Et ce n'est pas tout à fait ce que je voulais dire. J'écris une déclaration d'amour, tu en fais une déclaration de guerre, ce n'est pas le but ! Moi, ce que je veux, c'est qu'il revienne et je suis prête à l'accepter comme il est.

Alors ton passage sur mes conditions et tout ça... je sais pas, ça n'a pas de sens. Je veux bien qu'il faille leur tenir la dragée haute, comme tu dis, à tous ces types, mais ce n'est pas une raison pour être agressive, si ?

Je me demande si je ne vais pas lui envoyer ma première lettre telle quelle.

PS : J'ai de plus en plus mal à la tête, c'est normal ?

---

19 février 9 h 20
De : Candice@pharmamax.com
À : Emma@artproject.com
Objet : *Hold it* !

Ne fais pas ça. Tu vas l'énerver encore plus avec tes jérémiades. Si tu veux le récupérer, envoie ma lettre. Et rassure-toi, le passage sur tes conditions et tout ça comme tu dis, c'est de la stratégie. Il doit sentir que tu inverses la vapeur, que tu es sûre de toi et que tu n'es pas le genre de fille à te laisser marcher sur les pieds. Il doit avoir peur de te perdre pour de bon et il détestera l'idée que tu puisses en prendre la décision. Il détestera déjà l'idée que tu oses envisager de le quitter, toi, et que tu n'es pas une victime délaissée. C'est subtil, mais crois-moi, ça marche à tous les coups. Les hommes sont tellement transparents.

Allez, fais-moi confiance, ma vieille ! Et courage ! Envoie-lui ce truc, c'est la meilleure chose que tu aies à faire (à part me faire confiance...).

PS : Surtout, continue bien la tisane, les migraines finiront par passer.

---

19 février 14 h 10
De : Emma@artproject.com
À : Candice@pharmamax.com
Objet : ?

Tu crois ?

---

20 février 19 h 25
De : Emma@artproject.com
À : Mark@studiomarkandco.com
Objet : Mise à plat

Mark,

Comme tu n'as même pas pris la peine de répondre à mes messages précédents, il me semble qu'une petite explication s'impose. Je veux bien admettre que tu aies besoin de temps – ou de calme – pour réfléchir à la suite à donner à notre histoire, mais ce n'est pas une raison pour disparaître. Et puis ne réfléchis pas trop longtemps, mon vieux, parce que je ne vais pas non plus passer ma vie à t'attendre. S'il te reste une toute petite chance de recoller les morceaux, c'est maintenant.

Une chose est certaine en tout cas : si, par une extravagance de ma part, j'acceptais de renouer avec toi, le mariage, tu oublies. Je me suis aperçue que je n'étais pas faite pour, c'est ça qui m'a stressée... Tout l'incident vient de là, peut-être. Quant au fait d'avoir des enfants, je te préviens d'avance : c'est niet. Tu n'imagines tout de même pas que je vais mettre en péril mon corps et ma carrière pour donner naissance à un gniard vociférant. Qui risquerait de te ressembler, en plus !

Une dernière chose : si j'accepte de revenir, je ne veux plus jamais entendre parler des autres femmes. Ce que je veux dire par là, c'est que je ne veux pas qu'il y en ait. Ni une, ni plusieurs.

Jamais. Je ne suis pas d'accord quand tu dis que ça n'enlève rien à notre histoire, moi je trouve que ça enlève tout. Parce que ça flingue la confiance que l'on peut avoir l'un dans l'autre, tu vois...

Moi aussi, j'ai réfléchi. On peut recommencer si tu y tiens, mais à mes conditions.

Je t'embrasse,

Emma

----

21 février 08 h 55
De : Emma@artproject.com
À : Candice@pharmamax.com
Objet : Merci !

Voilà, c'est fait. J'ai envoyé ta lettre. Je crois que je me sens soulagée, maintenant. Merci de m'avoir ouvert les yeux, et de m'avoir aidée à mettre noir sur blanc mes désirs et la manière dont je voyais ma relation avec Mark. Et merci de m'avoir aidée à trouver les mots pour le lui dire. J'espère que le message est passé et qu'il ne tardera pas trop à me répondre. Afin que nous puissions repartir, vite, sur de nouvelles bases. C'est drôle, tu sais, mais je suis confiante. Je sais que nous allons nous retrouver.

Pour le reste, j'ai l'impression d'avoir des poteaux à la place des jambes. Je passe mes soirées allongée sur mon lit, dans le noir, avec les jambes au mur pour faire refluer l'œdème, du coup, ça me fait remonter le sang à la tête, mes tempes frappent comme les tambours du Bronx et les migraines empirent. Des grosses jambes ou de la grosse tête, je ne sais pas ce qui est le plus insupportable. Certains soirs, je me dis que je devrais faire comme ma vieille tante, qui soulageait ses maux de tête en se massant le cuir chevelu avec le batteur électrique. Je te jure !

PS : Tu es sûre que ça va passer ?

----

22 février 11 h 20
De : Candice@pharmamax.com
À : Emma@artproject.com
Objet : Tes douleurs…

Ne t'inquiète pas. Elles vont finir par passer. C'est que le produit fait de l'effet.

Patience…

4 mars 10 h 50
De : Emma@artproject.com
À : Candice@pharmamax.com
Objet : Tes conseils

Si je n'avais pas reçu cette putain d'éducation dans cette putain d'école religieuse, je te dirais que tes conseils de merde, tu peux te les carrer où je pense ! Parce que ta putain de lettre, non seulement elle n'a pas reçu de réponse, mais elle n'a pas reçu de réponse. Tu me suis ? Parce que le but c'était quand même d'en avoir une, de réponse, non ? L'idée (enfin *mon* idée), était de renouer le contact, n'est-ce pas ? Eh bien, c'est raté !

Alors non seulement je n'ai pas renoué le contact, mais en plus j'ai dit des choses que je ne voulais pas dire... c'est pas moi, ça, tu vois ?

Fait chier !

PS : Et ces putains de maux de tête qui continuent ! J'ai failli tomber dans les pommes ce matin tellement j'avais mal. Tu es sûre qu'il ne faut pas que j'aille consulter un médecin ?

PPS : Tu fais un truc ce soir ?

- 🖨

4 mars 10 h 55
De : Candice@pharmamax.com
À : Emma@artproject.com
Objet : Bois ta tisane et tais-toi !

Normal que tu sois un peu nerveuse ma cocotte, on le serait à moins. Bon, écoute, tu as tenté le coup, ça n'a pas marché, ce n'est pas grave. Dis-toi que tu auras tout fait pour sauver ton histoire. Toi. Alors que lui... bonjour la politique de l'autruche ! Je suis comme toi, je ne supporte pas les types qui disparaissent. Attends, vous avez vécu quelque chose de fort, quand même. On ne disparaît pas comme ça, en ayant vaguement dit qu'on se tirait, mais sans autre forme de procès, je ne sais pas, moi ! À moins que ce ne soit la nouvelle méthode chez les hétéros de plus de quarante ans, de rompre à la loose...

La bonne nouvelle, c'est que 1, tu n'as pas de regrets à avoir : tout dans son attitude prouve que ce type était un connard et dans quelques temps tu seras bien contente d'en être débarrassée, et 2, tu n'as rien à te reprocher parce que tu auras fait tout ton possible pour récupérer le truc... alors merde !

Je sais que c'est dur à entendre, mais qu'il crève !

PS : Peux pas ce soir. Je dors chez Mister X. Figure-toi qu'elle l'a largué, sa copine !

---

4 mars 13 h 50
De : Emma@artproject.com
À : Mark@studiomarkandco.com
Objet : ?

Mark, tu pourrais me répondre quand même !

---

4 mars 13 h 52
De : Emma@artproject.com
À : Mark@studiomarkandco.com
Objet : !!!

Merde !

---

5 mars 9 h 15
De : Candice@pharmamax.com
À : Emma@artproject.com
Objet : YESSSSSSS !

Emma,

Tu ne devineras jamais ! Mister X m'a proposé de m'installer chez lui ! Je lui ai fait remarquer que nous ne nous connaissions que depuis quelques semaines, il est devenu presque bougon, genre le type qui se vexe, tu vois... et il m'a demandé pourquoi, à mon avis, sa copine n'était plus là.

Fidèle à mon mode de pensée (tu sais, les hommes lâches et les femmes décisionnaires, ce genre de chose), j'ai fait celle qui essayait de deviner : « Ne me dis pas qu'elle a découvert notre liaison et que c'est pour ça qu'elle est partie, du jour au lendemain ! Ne me dis pas que c'est de ma faute ! » en gardant un ton léger et heureusement... tu vas voir pourquoi quand je t'aurai raconté la suite.

Donc, c'est à peine s'il entend ce que je raconte, et il me balance tout de go : « C'est moi qui lui ai demandé de partir parce que je voulais être avec toi. »

Voilà. Alors il veut vivre avec moi. Il prétend qu'il a tout avoué à la fille et qu'il lui a demandé de partir. C'est aussi simple que ça.

Tu te rends compte ?

PS : Je sais, c'est sans doute dur pour toi d'entendre ça, dans ta situation, mais je suis tellement heureuse tu comprends... Tu es ma meilleure amie et je ne peux pas résister à l'envie de te le raconter.

- -

7 mars 17 h 05
De : Emma@artproject.com
À : Candice@pharmamax.com
Objet : Le malheur des uns...

C'est vrai que c'est un peu dur. D'autant que Mark aurait pu faire une chose pareille, c'est tout à fait son genre. Rappelle-toi la vitesse avec laquelle il m'a demandé de poser des affaires chez lui ! Sans parler du mariage... Et la manière dont il est parti. C'est un peu comme le tien, finalement, il m'avoue avoir des liaisons, il me demande de partir. Tiens, si ça se trouve, à l'heure qu'il est, lui aussi est passé à autre chose. C'est peut-être la nouvelle mode, chez les hétéros de plus de quarante ans, comme tu dis. De se dégonfler aussi vite qu'ils s'enflamment. Si c'est ça qu'ils appellent être constructifs...

Écoute, je suis contente pour toi. J'espère que toi, au moins, tu ne feras pas les mêmes bêtises que moi, et que tu ne flingueras pas ton histoire pour des broutilles qui n'en valent pas la peine. Tu vas pouvoir me le présenter, dis ? Maintenant qu'il est libre comme l'air, vous n'avez plus besoin de vous cacher ! Si on sortait dîner tous les trois, ou même à quatre, tiens, s'il a un copain. Ça me ferait du bien de bouger un peu et de voir de nouvelles têtes, avant de me transformer en mégère ménopausée. Déjà que j'ai les varices...

- 🖨 🗑

8 mars 10 h 10
De : Emma@artproject.com
À : Candice@pharmamax.com
Objet : Et si...

J'ai relu hier la lettre que *je* voulais envoyer à Mark, tu te rappelles... et je me suis dit que 1, avec le recul, elle n'était pas si larmoyante que ça et que 2, elle était même très bien vue.

Quand un type est capable en l'espace de quelques mois de te séduire, t'inviter à t'installer chez lui, te demander en mariage et vouloir un enfant de toi (je l'avais oubliée, celle-là !), et de te quitter comme il est venu, tu te dis que le mec doit être influençable et qu'une lettre titillant son ego devrait le retourner comme une crêpe.

Plus le fait que c'est exactement ce que j'ai envie de lui dire, ce que j'ai écrit dans cette lettre. Plus le fait que je suis jalouse et que ça m'énerve que toi, tu files le parfait amour, et pas moi. Plus le fait que regarde ton histoire, elle n'est pas si différente de la mienne au point de vue du timing... et de la méthode. Semblerait qu'il y ait de plus en plus de grands romantiques sur terre. Alors si, comme je n'ai jamais cessé de le penser, Mark *est* un grand romantique, je suis persuadée que mes mots lui feront du bien... et avec un peu de chance lui donneront envie de revenir !

Donc j'envoie.

PS : Encore un peu mal à la tête, mais ça va mieux. Et j'ai vachement maigri depuis que je prends ta tisane. Suis contente !

PPS : Et en plus, c'est addictif, ce truc... trois cuillères, j'ai le droit ?

PPPS : Maintenant que je ressemble à Renée Zellweger, époque *Chicago* et non *Bridget Jones,* on pourrait aller se faire une séance de shopping ? Bientôt le printemps et j'ai envie de faire le plein de petites robes sexy et de lingerie à fleurs. Maintenant que je peux me le permettre, autant en profiter. Et puis on pourrait se faire un sushi et un thé vert au Waklya. Ça changerait de la tisane. Je t'invite ! Alors, ça te dit ?

----

8 mars 12 h 05
De : Emma@artproject.com
À : Mark@studiomarkandco.com
Objet : Je t'aime !

Mark mon amour,

Pardon pour mes messages précédents. Je m'aperçois que je n'aurais pas dû te harceler, je comprends que notre séparation doit t'être difficile, à toi aussi. Tu ne m'aurais pas demandée en mariage aussi vite si tu n'avais pas été éperdument amoureux. Peut-être es-tu en train de réfléchir, et je comprends, et je respecte ton silence. Pardon pour le contenu de mes messages, j'étais perdue, triste, je suis perdue, et triste... je ne savais pas ce que je faisais.

Aujourd'hui encore, je n'arrive pas à comprendre comment nous avons fait pour en arriver là. Tout avait si bien démarré entre nous. J'ai le sentiment que nous avons tout gâché. En allant trop vite, peut-être ? Pour ma part, je sais que la perspective du mariage m'a stressée, et que plus je voyais la date approcher plus ça me semblait, comment dire... prématuré. J'ai besoin de temps pour m'engager, ça a toujours été comme ça. J'aurais dû t'en parler. D'un autre côté, j'aimais bien cette sensation de me laisser porter par les événements.

Tu sais, j'ai réfléchi à ce que tu voulais dire quand tu affirmais que les autres femmes « n'enlevaient rien à notre histoire ». Je crois que je comprends. Vous les mecs, vous arrivez à dissocier le sexe de l'amour, quand chez les femmes ils forment un tout. C'est ça ? C'est pour ça que coucher avec d'autres femmes que celle que vous aimez n'a pas d'importance à vos yeux, parce qu'elles ne sont qu'un coup... c'est ça ? C'est dur, tu sais, pour une fille, de se mettre dans la peau d'un garçon, mais j'ai essayé et je crois que j'ai compris des choses.

J'ai compris surtout que je ne t'avais pas compris. Je suis désolée. Je suis prête à en parler et, si tu veux, nous pourrions repartir sur de nouvelles bases.

Toi et moi.

C'est ce que je souhaite plus que tout au monde.

Je t'aime,

Emma

---

9 mars 9 h 25
De : Candice@pharmamax.com
À : Emma@artproject.com
Objet : Stop !

Arrête ça tout de suite ! Combien de fois devrais-je te dire de cesser de t'humilier devant ce sale type qui a offert à une autre ta bague de fiançailles avant de te laisser choir comme un vieux tampax ?

Fais-toi une raison et passe à autre chose, ma vieille ! Comme lui, très certainement. Tu ne vas pas continuer à vivre dans la nostalgie d'une histoire qui aura duré, quoi... à peine six mois, et encore, en comptant les engueulades. Je ne sais pas, moi, sors, vois du monde... Tu veux que je t'envoie les coordonnées du frère de Paulina ? Ah non, c'est vrai, il a une copine. Et dans tes artistes, il n'y aurait pas quelqu'un ? Le petit mignon qui fait des grands tableaux tout blancs, là ? Il n'est pas libre ?

PS : Mais surtout, tu es mignonne, tu n'envoies pas cette lettre, hein ?

PPS : Je te fais porter quelques petits remontants.

PPPS : Quand tu veux pour le shopping. Justement, moi j'ai besoin de dévaliser Victoria's Secret pour faire le plein de lingerie sexy et glamour. Et peut-être aussi quelques petits accessoires. C'est fou comme Mister X est sensible à ce genre de propos... Il existe un petit œuf qui vibre grâce à une télécommande, et je me disais que j'aimerais bien qu'il vienne me changer mes programmes...

---

10 mars 15 h 45
De : Emma@artproject.com
À : Candice@pharmamax.com
Objet : Trop tard

C'est fait ! Je l'ai envoyée. Il y a des moments où il faut se fier à son instinct.

Et puis sortir, m'amuser, voir des gens... je sais que je devrais, mais en ce moment, je n'ai franchement pas la tête à ça !

PS : Je suis tellement crevée, je n'ai même pas eu la force d'aller à la galerie aujourd'hui.

PPS : Pour les remontants, c'est pas la peine. J'ai même pas envie qu'on me remonte.

PPPS : Tisane passée à trois...

---

10 mars 18 h 35
De : Emma@artproject.com
À : Mark@studiomarkandco.com
Objet : Réponds !

Tu as reçu ma lettre ? Ce que je t'ai écrit, je le pense vraiment, tu sais... On peut recommencer, tous les deux. Je le sens !

---

11 mars 14 h 10
De : Emma@artproject.com
À : Mark@studiomarkandco.com
Objet : Mais réponds !

... même par amitié, même si tu ne me crois pas ou si tu n'as plus jamais envie de me voir, réponds ! Je dois savoir si j'ai eu raison de t'écrire ce que je t'ai écrit ou si...

---

11 mars 17 h 10
De : Candice@pharmamax.com
À : Emma@artproject.com
Objet : Boulette

À ce stade, je ne peux rien pour toi, ma cocotte. Tu viens de faire une grosse, grosse boulette. Si tu avais la moindre chance de récupérer ton mec, maintenant c'est cuit. Imagine : 1, tu lui tiens un discours musclé et suffisamment détaché pour qu'il te respecte enfin, tu lui fais sentir qu'il t'a perdue, que c'est de sa faute, mais que si vraiment il se donne du mal peut-être – je dis bien peut-être – parviendra-t-il à te reconquérir. Tu inverses la vapeur, tu vois... Sauf que 2, dès que j'ai le dos tourné, tu repars dans tes larmes et tes jérémiades, tout ce que les hommes détestent. Tu annules d'un coup tout le bénéfice qu'aurait pu t'apporter ton premier envoi, et tout ça pourquoi ? Parce que la réponse ne vient pas assez vite ! Alors toi tu pars en live et tu imagines que c'est cuit, preuve que tu n'as aucune confiance en toi. Pourquoi crois-tu qu'ils adorent se pavaner avec des grandes bringues moulées dans des slims en python, les hommes ? Parce que ces filles-là affichent une confiance en elles à toute épreuve et qu'ils se sentent flattés d'avoir été choisis. C'était ça, l'idée, tu vois : donner à Mark l'impression que c'était toi qui avais la main... c'est ça qui les excite.

PS : J'avais oublié ce que c'était de vivre avec un homme ! J'ai l'impression de m'être installée dans la tanière de King Kong !

PPS : Si, si, j'insiste ! Je te dépose le paquet ce soir en rentrant chez qui tu sais.

- -

15 mars 8 h 50
De : Candice@pharmamax.com
À : Emma@artproject.com
Objet : Total paradise !

Ma chérie,

Je ne devrais pas te dire ça, mais 1, j'ai besoin de partager mon bonheur avec quelqu'un et tu es ma meilleure amie, alors qui d'autre ? Et 2, si ça pouvait mettre dans ta vie un petit rayon de soleil, une lueur d'espoir, le fait que tous les hommes ne sont pas des monstres… Un de perdu, comme on dit, dix de retrouvés ! Je sais bien que tu n'en veux pas dix, mais dans le lot, il devrait y en avoir un ou deux de possibles, non ?

Bon, alors nous venons de passer avec Mister X (je ne peux plus l'appeler autrement maintenant, c'est même devenu un jeu entre nous) trois jours de rêve au Mexique, dans une hacienda au bord de la mer… en voyant la terrasse surplombant la baie avec les cactus sur les tables, je… euh… je… je me suis demandé si ce n'était pas là que vous… enfin que Mark et toi aviez prévu de vous marier. C'est le rêve, cet endroit. La blancheur du sable sur la plage, la crique privée en contrebas du bungalow… une vraie lune de miel !

Tu sais, je me demande si ce n'est pas ça, le truc. Les lunes de miel sans le mariage. Ça permet d'en tenir plus. De lunes.

- -

16 mars 12 h 15
De : Candice@pharmamax.com
À : Emma@artproject.com
Objet : Tu boudes ?

Bon, OK, je sais, je ne devrais peut-être pas insister avec ça, mais Mister X est vraiment un amour !

Pourquoi ne réponds-tu pas à mes messages ? J'ai encore essayé de t'appeler sur le portable tout à l'heure, tu étais sur messagerie. Et la galerie est fermée (ah ! mais c'est normal, tu m'avais dit qu'ils allaient commencer les travaux).

Tu boudes ?

17 mars 19 h 30
De : Candice@pharmamax.com
À : Emma@artproject.com
Objet : Petite visite

Écoute, je te ferais bien une petite visite, mais bon… je suis un peu surbookée, là. Avec qui tu sais… Mais dis-moi si tu veux qu'on déjeune ce week-end.

PS : Dis… ça va ?

18 mars 10 h 45
De : Candice@pharmamax.com
À : Emma@artproject.com
Objet : Lâcheuse !

Tu pourrais répondre quand même, merde ! D'accord, en ce moment c'est moi qui broie du rose et toi qui broies du noir, mais ça n'a pas toujours été comme ça. Souviens-toi, il n'y a pas si longtemps… c'était *qui*, la fille qui avait décroché l'homme idéal et qui n'avait pas une minute pour ses copines, hein ?

Tu es vraiment une lâcheuse, ma vieille ! Moi qui ai toujours été là pour toi ! Tu sais quoi ?

Tu me gâches une partie de mon bonheur. Ben oui, c'est vrai : à quoi cela sert-il d'être heureux si on ne peut même pas le partager avec sa meilleure amie ?

Candice (déçue)

```
21 mars 16 h 22
De : Annette-blewinson@hotmail.com
À : Mark@studiomarkandco.com
CC : Candice@pharmamax.com
Objet : Un grand malheur
```

Monsieur, Mademoiselle,

Je me permets de vous envoyer ce courriel, comme on dit, parce que ce sont vos deux noms qui reviennent le plus souvent dans la bouche de ma fille depuis qu'elle est sortie du coma. Son élocution n'est pas encore très claire, mais j'ai réussi à trouver vos coordonnées dans ses affaires.

Sachez qu'il y a une semaine, mon Emma a ingurgité une forte dose de médicaments, qui l'auraient tuée si je n'étais pas arrivée à temps, alertée par un appel qu'elle m'avait fait le matin même, pour la trouver inconsciente, mais, Dieu soit loué ! son cœur battait encore ! Elle qui ne prend jamais son téléphone pour me parler, pas même à Noël...

Si vous aviez la gentillesse de me contacter, vous qui semblez être ses plus proches amis et connaître sa vie mieux que moi-même, je vous en serais reconnaissante. J'ai besoin de comprendre.

Bien à vous,

Annette B. Lewinson (la maman d'Emma)

PS : Qui puis-je prévenir à son travail ?

---

21 mars 17 h 15
De : M@studiomarkandco.com
À : Candice@pharmamax.com
Objet : Petite inquiétude entre amis…

Mon cœur,

Ça m'ennuie de vous demander ça, au point que je n'ose pas l'évoquer devant vous, mais l'autre jour, lorsque vous avez défragmenté mon portable, êtes-vous sûre que certains fichiers n'ont pas, comment dire… disparu. Par mégarde, j'entends. Il s'agirait de mails. Je devrais avoir reçu d'un client un projet de contrat et… il m'a appelé ce matin au bureau. J'ai bien cherché dans mon ordinateur et je n'ai rien trouvé.

Comme cela correspond à peu près à la date où vous m'avez montré comment nettoyer le disque dur (il faut dire qu'il en avait bien besoin, je loue votre esprit scientifique ma chérie !)… je me demandais si… enfin bon, ce n'est pas grave. De toute façon, il va me les renvoyer, mais je suis embêté parce que cela me fait perdre une précieuse semaine. Et comme je ne suis pas le seul sur le coup et que j'ai bien l'intention de décrocher ce client, je ne peux pas me permettre de perdre du temps pour peaufiner le projet.

Je suis désolé de vous demander ça, mon cœur… vous n'auriez pas par hasard fait une fausse manipulation qui aurait pu faire disparaître mes e-mails ?

PS : J'ai réservé au Tribeca Grill, ce soir… on s'y retrouve à 19 heures ? À moins que vous ne préfériez que je passe vous prendre à la pharmacie…

PPS : Surprise pour vous sur la commode de l'entrée, mon ange… Ce serait très agréable si vous les portiez pour notre dîner !

----

21 mars 17 h 20
De : Candice@pharmamax.com
À : M@studiomarkandco.com
Projet de mail

Ça va pas, non ? Comment oses-tu ? Où trouves-tu le culot de me demander une chose pareille ? Tu m'accuses, c'est ça ? Sous tes airs doucereux et ce vouvoiement de bon aloi, que tu trouves sexy alors que c'est encore une manière de ne pas te livrer complètement, oui, mon vieux, tu te planques derrière cette figure de langage ! Tu m'accuses d'avoir « nettoyé » ta boîte mail en même temps que ton ordinateur ? Eh bien oui, figure-toi, je suis allée voir dans tes mails, c'est humain… pour une femme. Comme tu le dis souvent, j'adore cette formule, alors pardonne-moi si je la reprends à mon compte, « je ne peux pas m'en empêcher »…

Je suis allée voir, mais je n'ai rien effacé. Promis.

C (un peu vexée, elle a intérêt à être grosse la surprise !)

--- 🖨 🗑

21 mars 17 h 35
De : Candice@pharmamax.com
À : M@studiomarkandco.com

Mon cœur,

Comment pouvez-vous croire une chose pareille ? Comment pouvez-vous imaginer une seconde que j'aurais pu aller fouiller dans votre ordinateur ? Si, comme vous me l'avez un jour avoué, c'était un peu la spécialité de votre ex de vous faire les poches et les placards, sachez que moi, je ne mange pas de ce pain-là.

Je n'ai fait que nettoyer l'ordinateur des fichiers qui n'avaient pas besoin d'y figurer.

PS : Merci pour les porte-jarretelles... je vous en ferai les honneurs ce soir ! 19 heures, Tribeca !

--- 🖨 🗑

21 mars 18 h
De : Candice@pharmamax.com
À : Annette-blewinson@hotmail.com
Objet : Re : un grand malheur

Madame,

Je suis bouleversée par la nouvelle ! Et en même temps soulagée, 1, d'avoir retrouvé la trace d'Emma qui, il est vrai, ne répondait pas à mes messages depuis quelques temps, mais comme... et 2, (surtout 2 !) qu'elle s'en soit sortie.

Vous comprenez, je suis sa meilleure amie, nous nous connaissons depuis l'école (je me souviens de votre cheescake au citron et du chaton qui s'appelait... comment, déjà ? Ah, oui, Moutarde ! Je dois avouer, j'ai toujours trouvé ça débile comme nom pour un chaton, Moutarde, mais bon. D'autant qu'il était noir ! Il doit être grand maintenant...). Nous nous étions un peu perdues de vue en fin de scolarité, mais nous nous sommes retrouvées à l'université, une coïncidence incroyable, votre fille était en histoire de l'art, moi en pharmacie, mais nous partagions la même maison sur le campus.

Emma a toujours été comme une sœur pour moi, et je ne supporterais pas qu'il lui arrive quelque chose. Je me sens tellement coupable de n'avoir pas su détecter les signes avant-coureurs... Comment se fait-il qu'elle ait pu être désespérée au point de...

Où est-elle ? Me permettrez-vous de venir la voir demain à l'hôpital ?

Candice McGregor (son amie de toujours)

PS : Vous pouvez contacter Ian à l'adresse suivante : Ian@artproject.com. C'est son associé à la galerie. Un type bien. Il comprendra. Je peux le prévenir, moi, si vous préférez...

24 mars 13 h 55
De : Annette-blewinson@hotmail.com
À : Candice@pharmamax.com
Objet : Repos absolu

Chère Mademoiselle,

Emma est encore très faible et les médecins sont formels : pour l'instant, hormis la famille (c'est-à-dire moi), elle ne doit recevoir aucune visite afin de ne pas se fatiguer. Elle a besoin de toute son énergie pour recouvrer ses forces... vous comprendrez quand vous la verrez. Mais pas tout de suite.

Je suis surprise de n'avoir reçu aucune réponse de la part du dénommé Mark. D'après ce qu'est parvenue à m'expliquer ma fille, ils avaient décidé de se marier, non ? Vous vous rendez compte qu'elle ne me l'avait même pas présenté. Auriez-vous un moyen de me faire rentrer en contact avec ce monsieur ? Comment peut-il, comment ose-t-il ne pas se manifester quand la femme qu'il a aimée au point de vouloir l'épouser a frôlé la mort ? Le mail que je vous ai envoyé à tous les deux était pourtant clair, non ? Oui. Bien sûr, il était clair, puisque vous, ma chérie, vous avez répondu.

Vous savez... je dois vous avouer à mon tour (vous m'avez bien fait une confidence concernant le nom de ce pauvre Moutarde, Dieu ait sa moustache ! Il est mort, le pauvre. Tombé du douzième étage en essayant de voler après un oiseau ! Les chats ont peut-être sept vies, ils n'ont pas d'ailes ! C'est peut-être la raison pour laquelle ils ont sept vies, d'ailleurs : le temps d'apprendre à voler). Que disais-je ? Ah, oui ! Je dois vous avouer... que je ne me souviens pas du tout de vous, ma chérie. Pensez, avec un prénom pareil, je n'aurais pas pu oublier : c'est tellement middle class !

Bon, je dois vous laisser. Emma sera probablement visible début avril, je vous le ferai savoir... en attendant, si vous avez des nouvelles de ce... *Mark...* (Ah ! rien que d'écrire son nom me fait... comment dites-vous, en langage jeune ? Gerber...)

Annette B. Lewinson (la maman d'Emma)

PS : Je m'occupe de prévenir Ian. À la galerie. Je ne savais même pas que ma fille avait une galerie d'art... C'est moderne, comme métier...

----

24 mars 15 h 30
De : Annette-blewinson@hotmail.com
À : ian@artproject.com
Objet : Emma

Merci de bien vouloir prendre note que ma fille Emma ne sera pas en mesure d'assurer ses fonctions jusqu'à fin avril. Et de ne pas essayer de la joindre avant qu'elle ne le fasse elle-même.

Annette B. Lewinson (la maman d'Emma)

----

24 mars 16 h 25
De : Ian@artproject.com
À : Annette-blewinson@hotmail.com
Objet : Re : Emma

Chère Madame,

Je viens de recevoir votre mail au sujet d'Emma. Je suis très inquiet. Où est-elle ? Que s'est-il passé ? C'est sa santé psychologique qui est en jeu, c'est ça ? Je me disais bien qu'elle commençait à avoir des problèmes.

Depuis quelque temps, elle me paraissait instable, irritable, très fatiguée. Elle avait parfois, avec les clients et les artistes que nous représentons, des comportements étranges, et même gênants. Elle avait pris du poids, puis elle l'avait perdu. Je crois qu'elle avait une vie affective compliquée, ces derniers temps. Mais elle refusait d'en parler. Nos relations, très cordiales, se sont toujours limitées à la sphère professionnelle. Mais, devant son désarroi et, je l'avoue, ses sautes d'humeur qui risquaient de mettre en péril la réputation de la galerie, je lui avais donné les coordonnées d'une excellente thérapeute. Je ne sais pas si elle est allée la consulter. Apparemment pas...

Où est-elle ? Où en est-elle ?

Son associé, Ian Potard

---

25 mars 16 h 45
De : Annette-blewinson@hotmail.com
À : Ian@artproject.com
Objet : Ma fille

Cher Monsieur,

Merci de votre message. Vous comprendrez que, par discrétion vis-à-vis de ma fille, je ne puisse pas vous donner de plus amples informations sur le pourquoi et le comment de cette affaire. D'ailleurs, je n'en sais pas grand-chose moi-même. Le mieux est que, dès qu'elle sera en mesure de le faire, elle vous donne elle-même les éclaircissements qu'elle jugera nécessaires.

Je compte sur votre compréhension.

Annette B. Lewinson (la maman d'Emma)

- -

25 mars 17 h 10
De : Candice@pharmamax.com
À : Annette-blewinson@hotmail.com
Objet : Ce Mark…
Projet de mail

Non mais eh, oh, la vieille, vous savez ce que je vous dis, moi, avec mon prénom « tellement middle class » ? Il y a des actrices qui s'appellent comme ça, alors qu'Annette… euh… si, bon, Annette aussi. Pardon si je m'emporte, mais je suis vexée. J'ai dû venir chez vous une bonne cinquantaine de fois, alors, que vous ne me reconnaissiez pas, je trouve ça, comment dire… un peu fort de café. Mais bon.

Pas de ma faute si votre fille s'est fait larguer par « ce Mark », comme vous dites. Et entre vous et moi, ce n'est pas parce qu'un type est fort en sport et pas mauvais en photo (bon, OK, il est même carrément bon, à ce que l'on dit), qu'il faut avaler une boîte de médicaments sous prétexte qu'il est avec une autre. Euh… ouais, non, ça elle ne sait pas…

Enfin, vous avez dû être une bien mauvaise mère pour qu'Emma, d'habitude si douce et si conciliante, ne vous donne plus de ses nouvelles. Pas même pour Noël... (et vlan pour la culpabilité).

C

----

27 mars 12 h 05
De : Candice@pharmamax.com
À : Annette-blewinson@hotmail.com
Objet : Ce Mark...

Chère Madame,

Je passe sur mon prénom « middle class », qui, je dois l'admettre, ne m'a pas fait très plaisir, de même que le fait que vous ne vous souveniez pas de moi, mais bon... J'imagine qu'il y a là un phénomène de génération.

Pour ce qui est de Mark, je ne suis pas vraiment étonnée qu'il ne se soit pas manifesté. Emma et lui s'étaient quittés un peu vite et pas en très bons termes d'après ce qu'elle m'a dit. Mais, lorsqu'il s'agit de se quitter, est-il possible de le faire en bons termes ? J'en doute. Et puis il doit être très occupé.

Quoi qu'il en soit, je sais qu'elle lui a envoyé une foule de messages auxquels il n'a jamais répondu, ce qui la mettait en colère, oui, mais n'avait pas l'air de la plonger dans un si profond désespoir. Comme quoi, on peut se tromper...

Je m'en veux affreusement de ne pas m'en être rendu compte, et le fait de ne pas être la seule à n'avoir rien vu (vous) n'est pas une consolation. Je n'ai pas de conseils à vous donner, mais ce serait bien, il me semble, si désormais vous arriviez à maintenir le lien avec elle. Il y a des choses que seule une mère peut sentir.

Dites-moi quand je peux la voir. Elle me manque.

Bien à vous,

Candice McGregor (l'amie d'Emma)

PS : Emma a-t-elle accès à son ordinateur ?

---

28 mars 08 h 25
De : Annette-blewinson@hotmail.com
À : Candice@pharmamax.com
Objet : Ordinateur

Mademoiselle,

Être la meilleure amie de ma fille ne vous donne pas pour autant le droit de me dicter la conduite que je dois avoir à son égard. Comme on dit, vous n'étiez pas là au début... il y a donc des choses que vous ne savez pas et qui expliquent (un peu) notre éloignement. Emma vous en parlera si elle le souhaite. Bien que j'en doute.

Elle n'a pas encore accès à son ordinateur, les médecins disent que c'est une affaire de quelques jours, mais qu'il ne faut pas lui offrir de sollicitations qui risqueraient de la fatiguer. Et la psychiatre estime qu'il est préférable d'avoir identifié la cause du choc émotionnel qu'elle a reçu avant de rétablir toutes les communications. Si, comme vous semblez le penser, et je ne suis pas loin d'être d'accord avec vous, c'est ce Mark qui est en cause, mieux vaut qu'elle n'ait pas la tentation de lui renvoyer des messages qui, comme les précédents, resteront sans réponse. Inutile d'en rajouter une couche, comme vous dites en langage jeune.

Je vous tiens au courant de la suite des événements,

Annette B. Lewinson (la maman d'Emma)

----

30 mars 20 h 05
De : Candice@pharmamax.com
À : Emma@artproject.com
Objet : Urgent !

Ma pauvre chérie,

Je viens d'apprendre par ta mère ce qui t'est arrivé. Une sacrée vache, ta mère, soit dit en passant. Tu n'as pas dû t'amuser tous les jours !

Je suis effondrée. De ne pas avoir vu, de ne pas avoir été là pour toi, quand il le fallait. Bon, écoute, trouve un moyen de m'appeler asap, j'ai des trucs importants à te dire.

Ta Candice

----

31 mars 9 h 15
De : Annette-blewinson@hotmail.com
À : M@studiomarkandco.com
Objet : Votre ex-future femme

Monsieur,

Sans réponse à mes mails sur votre adresse privée, j'essaie votre adresse professionnelle, trouvée grâce à votre récent reportage dans Elle.

Sachez que, par votre faute, ma fille Emma a fait une tentative de suicide et se trouve actuellement au Mount Sinai Hospital.

S'il vous reste encore un peu d'humanité, vous savez ce qu'il vous reste à faire.

Annette B. Lewinson (la maman d'Emma)

----

31 mars 9 h 17
De : Mark@studiomarkandco.com
À : Annette-blewinson@hotmail.com
Objet : Re

Emma, c'est quoi ces conneries ? Si c'est encore l'une de vos ruses pour m'obliger à vous répondre, ce n'est pas drôle. Et vous voyez, ça ne marche pas.

Inutile de me harceler, vous et moi c'est fini et je vis avec quelqu'un.

So long,

Mark

AVRIL

1er avril

Extrait du journal quotidien *The New York Times*

« Mark Fahy, le célèbre photographe qui vient de décrocher la campagne Dior, a été attaqué hier alors qu'il sortait de son studio par une femme âgée armée d'un parapluie à bout pointu. Rien de grave, heureusement, si ce n'est quelques ecchymoses. Mise en observation psychiatrique, la femme a été relâchée au bout de 24 heures, son état ne présentant pas d'anomalies. La victime a fait savoir son intention de ne pas porter plainte.

Et, malgré la date et la nature invraisemblables de cet écho, ceci n'est pas un poisson d'avril ! »

3 avril 14 h 50
De : Emma@artproject.com
À : Candice@pharmamax.com
Objet : Sorry…

Je sais… je suis désolée… j'ai déconné… je ne sais pas ce qui m'a pris, tout d'un coup, je me sentais si seule… et puis alors, voir la tête de ma mère au réveil… j'ai cru que j'étais morte et que j'étais arrivée en enfer. Direct. Alors que c'était tout le contraire, bien sûr !

Je n'avais pas pensé qu'en essayant de m'extraire du monde, j'allais retomber nez à nez avec ma mère. Cette vieille vache. Bon, OK, c'est elle qui m'a sauvé la vie. Enfin, elle me doit bien ça. Maintenant, on est quittes.

Tout ça doit te paraître un peu étrange, je te raconterai.

Bon, je file… j'ai profité du fait que ma mère m'ait lâché les baskets quelques jours pour récupérer mon ordi auprès des infirmières, mais c'est dans le dos de la psy. Elle dit que je suis encore trop fragile pour communiquer normalement.

Mais je ne devrais pas tarder à pouvoir recevoir des visites, je te dirai.

T'embrasse,

E

4 avril 8 h 20
De : Candice@pharmamax.com
À : Emma@artproject.com
Objet : Lexo

Ma pauvre cocotte,

Tu n'imagines pas à quel point je suis contente de t'entendre. Et impatiente de te serrer dans mes bras. Plein de nouveau avec Mister X, je te raconterai plus tard. Quelque chose me dit que ce n'est pas le moment.

Repose-toi bien et à très vite.

Candice-qui-t'aime

PS : Dis-moi pour les visites, parce que je ne suis pas sûre que ta mère fasse passer l'info. On a... comment dire... on a un peu eu des mots, voilà.

PPS : Au fait : surtout, tu ne dis pas que c'est moi qui te donnais tes médocs. J'ai pas le droit de les donner sans ordonnance, tu sais. Je pourrais me faire retirer le droit d'exercer... Je compte sur toi, ma cocotte. C'est grave.

PPPS : J'ai pris des risques pour toi...

- -

5 avril 12 h 30
De : Emma@artproject.com
À : Candice@pharmamax.com
Objet : Re : Lexo

Bien sûr je ne dirai rien. Visites possibles le 9, ch. 1 127
besos, E

PS : J'ai récupéré mon ordinateur ! Ça c'est la bonne nouvelle...

PPS : Et ma mère... ça, c'est la mauvaise !

- -

7 avril 10 h 10
De : Annette-blewinson@hotmail.com
À : Mark@studiomarkandco.com
Objet : Vous me croyez maintenant ?
Pièce jointe : Photo de la chambre d'hôpital d'Emma

Alors ?

Annette B. Lewinson (*vraiment* la maman d'Emma. C'est dingue ce que vous, les hommes, qui pourtant mentez tout le temps, il ne faut pas nous la faire, hein ? C'est dingue comme vous pouvez être méfiants... probablement parce que dans la mesure où vous mentez tout le temps, vous ne pouvez imaginer que les autres disent la vérité. C'est dangereux de s'enfermer là-dedans vous savez !)

PS : Chambre 1 127... elle vous attend après-demain...

- -

9 avril 15 h 25
De : Candice@pharmamax.com
À : Emma@artproject.com
Objet : Mortification

Emma,

Je suis venue ce matin, mais je ne suis pas rentrée. J'arrivais devant ta chambre quand j'ai vu ce... cet homme qui en sortait et...

je ne sais pas, ça m'a rendue furieuse que tu replonges aussi vite et je suis partie. Franchement, qu'est-ce qu'il fichait là ?

Je ne comprends pas que tu revoies ce type. C'est lui, Mark, c'est ça ? Je ne comprends pas qu'après le mal qu'il t'a fait, tu le laisses venir te provoquer jusque dans la chambre où tu as failli mourir.

Je crois que dans ces conditions, je ne peux plus rien pour toi. Je crois que tu te fous de notre amitié,

Ciao !

PS : La seule chose que je te demande, c'est de ne rien dire pour les médicaments. De toute façon c'est fini, ne compte plus sur moi pour te fournir !

- -

9 avril 16 h 30
De : M@studiomarkandco.com
À : Candice@pharmamax.com
Objet : Ce matin

Que faisiez-vous, mon cœur, ce matin, dans les couloirs du Mount Sinai Hospital ? Et pourquoi vous êtes-vous enfuie lorsque je vous ai appelée ?

M (inquiet)

PS : Je préférerais que vous dormiez chez vous ce soir, j'ai eu une matinée émotionnellement éprouvante et je voudrais être seul... pardonnez-moi, mon cœur...

- -

9 avril 16 h 35
De : Candice@pharmamax.com
À : M@studiomarkandco.com
Projet de mail

Je ne sais pas de quoi vous voulez parler. Je n'étais pas au Mount Sinai Hospital ce matin, j'étais à la gym... (Non, trop dangereux, il peut vérifier.)

Je ne sais pas de quoi vous voulez parler. Je n'étais pas au Mount Sinai Hospital ce matin, j'étais à la pharmacie. Vous semblez oublier que je travaille, moi. Pour l'amour du ciel, qu'irais-je faire dans les couloirs d'un hôpital ? (Non, vérifiable aussi. Il suffit qu'il fasse du charme à cette pouffiasse d'Annabelle pour qu'elle lui dise que je ne suis arrivée qu'à midi. Penser à la virer, celle-là. Une préparatrice en chaleur qui ne sait pas tenir sa langue...)

Je ne sais pas de quoi vous...

- -

9 avril 16 h 45
De : Candice@pharmamax.com
À : M@studiomarkandco.com
Objet : Ce matin

Mais oui, j'y étais ! C'est drôle, je ne vous ai pas vu. Je livrais des médicaments, parfois il m'arrive de les dépanner. Vous m'avez appelée ? Je ne vous ai pas entendu...

Et vous, que faisiez-vous là-bas ?

C (un peu déçue pour ce soir, mais bon... respecter le terrain de l'autre, j'imagine que ça fait partie du deal)

- -

10 avril 10 h 10
De : M@studiomarkandco.com
À : Candice@pharmamax.com
Objet : Re :

J'étais allé rendre visite à une amie. Je ne l'avais pas vue depuis quelques semaines et je l'ai trouvée ravagée. Elle a fait une tentative de suicide. Mais ce n'est pas ça qui en a fait l'ombre d'elle-même, j'ai l'impression qu'en l'espace d'un mois et demi elle s'est employée à se détruire avec un acharnement que je ne lui connaissais pas. Ce n'était pas une fille acharnée.

Ou si, peut-être. Elle aimait bien avoir ce qu'elle voulait. Mais là, elle a retourné sa force contre elle-même, et je peux dire qu'elle ne s'est pas loupée. Même si elle s'est loupée.

C'est dur de voir une personne que l'on a aimée... euh... je veux dire que l'on connaît depuis longtemps et qu'on apprécie, se décharner de la sorte. Imaginez une fille belle, sportive, avec des rondeurs euh... appétissantes... qui ne ressemble plus à rien. Une peau jaunâtre qui fripe sur des os saillants. Une main, toute petite, elle qui aimait tant porter des bagues.

Pardonnez-moi, mon cœur. Je suis dévasté. Et cette culpabilité de ne pas avoir été là, je ne peux m'empêcher de me dire que c'est de ma faute. Je n'ai pas répondu à ses appels au secours. Jusqu'au dernier moment, je n'y ai pas cru.

Emma est comme ma sœur. Je ne sais plus où j'en suis. Besoin d'y voir clair...

11 avril 12 h 20
De : Emma@artproject.com
À : Mark@studiomarkandco.com
Objet : Candice

Mark,

J'étais très émue de te voir avant-hier. J'avais oublié ce vouvoiement, qui m'avait tant bouleversée quand nous nous sommes rencontrés. J'ai lu dans tes yeux ce que je craignais moi-même : je ne suis pas très belle à regarder, hein ? Ils ont ici une politique qui consiste à interdire le miroir, mais j'ai piqué le poudrier de ma mère et j'ai bien vu mon visage, tout maigre et tout jaune. Ils disent que ces saloperies de médicaments que j'ai avalés, en plus d'avoir failli me tuer, m'ont détraqué le foie !

Moi qui aurais tant voulu te reconquérir, c'est raté, n'est-ce pas ?

J'aimerais que tu reviennes aujourd'hui... ou demain. J'ai tant de choses à te dire mon amour !

PS : Quand tu es sorti de la chambre, je t'ai entendu appeler quelqu'un... Candice, tu as crié. C'était qui ? C'est marrant tu sais, c'est aussi le prénom de ma meilleure amie.

- -

13 avril 14 h 55
De : Candice@pharmamax.com
À : Emma@artproject.com
Objet : Ce (sale) type

Écoute, je suis navrée pour le ton de mon mail l'autre jour, mais je suis ton amie et j'étais vraiment triste pour toi. N'oublie pas que c'est à cause de ce (sale) type que tu en es arrivée là. Je comprends que tu te sentes seule et affaiblie, et que tu veuilles remettre ensemble les morceaux du puzzle – tout les morceaux – pour te convaincre qu'il n'est pas cassé.

Mais il est cassé, ma chérie. C'est pour ça que tu en es arrivée là. Ta vie ne sera plus jamais la même, et tant mieux. C'est, comment dire... comme une nouvelle naissance. Il y a des éléments de ton ancienne vie que tu dois laisser tomber, parce qu'ils t'ont fait du mal et que tu ne veux plus t'encombrer avec. Tu dois lâcher prise, ma cocotte. Tu ne dois plus jamais revoir ce (sale) type, parce que c'est lui qui te fout en l'air.

Il en va de ta vie, ma chérie.

C'est pour ça que j'étais aussi énervée l'autre jour. Je t'aime, Emma, et je déteste te sentir en danger !

C

---

14 avril 16 h 30
De : Ian@artproject
À : Emma@artproject.com
Objet : La routine

Ma chérie,

Mark sort d'ici à l'instant, il m'a dit ce qui s'était passé... je me doutais bien que c'était plus grave que ne le laissait entendre le mail laconique de ta mère (je ne savais pas que tu en avais une, enfin je veux dire qu'elle était encore là !). « Merci de bien vouloir prendre note que ma fille Emma ne sera pas en mesure d'assurer ses fonctions jusqu'à fin avril. Et de ne pas essayer de la joindre avant qu'elle ne le fasse elle-même. » Non mais oh ! Je lui ai demandé des nouvelles plus précises, elle n'a rien voulu me dire de plus. Je ne savais pas où tu étais, ni ce qui s'était vraiment passé. Pas très cool de sa part, quand même.

Bon. En tout cas, je suis rassuré que tu sois tirée d'affaire, ma chérie. Et, ne t'inquiète pas, tout va bien à la galerie. Je ne vais pas t'embêter avec ça pour l'instant, mais tu verras quand tu rentreras : tu auras plein de bonnes surprises.

En attendant, repose-toi, ma chérie, et si tu as besoin de quoi que ce soit, tu sais que je suis là.

Des baisers,

Ian

---

15 avril 17 h 10
De : Emma@artproject.com
À : Mark@studiomarkandco.com
Objet : Merci

Merci d'être passé tout à l'heure. Merci pour les fleurs. Merci pour les chocolats. J'ai dû les cacher dans l'armoire de la salle de bains pour éviter que ma mère ne me les pique. Depuis que tu es apparu, elle n'arrête pas de rôder et de me poser des questions... exactement comme, quand j'avais dix-sept ans, elle a rôdé autour de mon premier amant, un type de dix ans de plus que moi qu'elle a fini par me piquer et qui est devenu mon beau-père pendant quelques années. Et après, elle s'étonne que je ne veuille plus la voir !

Merci pour les infos concernant la galerie, tu es vraiment un amour de t'en être occupé. Je me voyais mal entrer dans les détails avec Ian, il est adorable, mais tellement commère !

Apparemment, tu l'as bien rassuré, il vient de m'envoyer un très gentil message. Merci, Mark.

Tu n'étais pas obligé de le faire et je t'en suis très reconnaissante.

Merci pour le baiser aussi. Merci pour le baiser... surtout !

Ton Emma

---

15 avril 17 h 15
De : Mark@studiomarkandco.com
À : Emma@artproject.com
Objet : Merci

Merci de ne pas être partie...

PS : Et pas d'inquiétude pour votre mère, elle n'est pas du tout mon genre !

---

15 avril 17 h 50
De : Candice@pharmamax.com
À : M@studiomarkandco.com
Objet : Dîner ?

C'est que vous commencez à me manquer, mon cœur ! Je veux bien que vous soyez dévasté, ou que vous n'ayez pas beaucoup de temps, ou besoin de réfléchir... que sais-je ! Mais la vie continue et il y a ici une personne qui saurait vous changer les idées.

Et si nous dînions un soir de la semaine ?

Candice-qui-se-sent-un-peu-délaissée-ces-temps-ci

PS : Pour que vous ne vous mépreniez pas sur la nature de mes propos, avec votre esprit embrumé du moment, la personne en question... c'est moi, évidemment !

PPS : Je me ferai un plaisir de porter votre dernier cadeau... et de vous faire découvrir quelques nouveaux accessoires dont je viens de faire l'acquisition.

----

17 avril 12 h 20
De : Annette-blewinson@hotmail.com
À : Candice@pharmamax.com
Objet : Ce Mark...

Mademoiselle,

Je n'irai pas par quatre chemins, et vous êtes la seule à qui je puisse le demander : ce garçon, là, ce « Mark »... c'est bien le même que celui avec qui ma fille a failli se marier, n'est-ce pas ?

Parce que depuis sa première visite, non seulement il passe assez souvent, mais mon Emma n'est plus la même. Il lui envoie des fleurs, des chocolats qu'elle garde jalousement dans le placard à pharmacie de la salle de bains et refuse de me faire goûter sous prétexte que c'est mauvais pour moi (!), il passe des heures à son chevet à la regarder, même quand elle dort... c'est l'infirmière qui me l'a dit. Bref, on dirait que les choses repartent sur les chapeaux de roues. Il a même proposé à ma fille de s'occuper d'elle lorsqu'elle sortirait, ce qui ne devrait pas tarder vu ses progrès.

Si c'est lui qu'elle était sur le point d'épouser, je ne vais pas m'y opposer, vous comprenez. À ce qu'il s'occupe d'elle. Bien qu'il lui ait fait du mal, mais bon... il a l'air d'en avoir pris conscience, et d'avoir envie de se faire pardonner. Mais si c'est un autre (je n'y crois pas vraiment, entre nous soit dit... je ne vois pas d'où il sortirait)...

Merci de votre prompte réponse.

Annette B. Lewinson (la maman d'Emma)

- 🖨 🗑

17 avril 12 h 35
De : Candice@pharmamax.com
À : Annette-blewinson@hotmail.com
Objet : Re : Ce Mark...

Bien sûr que c'est le même ! Je ne vois pas qui cela pourrait être d'autre. Et c'est précisément pour cette raison qu'il me paraît impossible de laisser cette pauvre Emma retomber entre ses griffes !

Faites donc votre boulot de mère pour une fois, et proté-
gez votre fille, merde !

E

---

17 avril 15 h 25
De : Annette-blewinson@hotmail.com
À : Candice@pharmamax.com
Objet : Re : Re : Ce Mark…

Il me semble vous avoir déjà dit de ne pas me dicter ma conduite. Et puis il a l'air tout à fait charmant, ce garçon.

Annette B. Lewinson (la maman d'Emma)

---

17 avril 18 h 40
De : Emma@artproject.com
À : Candice@pharmamax.com
Objet : Pas tes oignons !

Dis donc Candice, qu'est-ce que c'est que ce mail que tu
as envoyé à ma mère concernant le fait que je ne doive
pas retomber entre les griffes de Mark, comme tu dis ?
Elle était tellement furieuse que tu lui dises ce qu'elle
avait à faire qu'elle me l'a montré… eh oui, ma vieille, pas
de chance !

Alors, une bonne fois pour toutes : mes histoires avec
Mark ne te regardent pas, je fais ce que je veux. Et si
c'était l'homme de ma vie, après tout, hein ? Je ne vais
pas passer à côté une deuxième fois, à cause de tes

conseils à la con. Alors ça non ! À cause de toi, j'ai failli le perdre pour de bon. Je crois que désormais, je vais gérer mes affaires de cœur toute seule.

Tu as raison, c'est comme une renaissance...

Emma (qui t'aime bien, mais qui trouve que là, tu dépasses les bornes. Grave !)

----

19 avril 20 h 55
De : Candice@pharmamax.com
À : M@studiomarkandco.com
Objet : Pourquoi ce silence ???

Mon cœur, je... je ne sais plus quoi penser, là... on dirait que vous avez disparu. Je me suis dit que vous étiez peut-être en voyage. Pourtant, quand je suis passée devant votre bureau ce matin, j'ai aperçu votre voiture. Après avoir hésité un quart de seconde – à peine, j'avoue ! –, je suis entrée et j'ai demandé à un assistant s'il était possible de vous voir. Il a voulu savoir si j'avais rendez-vous, et sans attendre ma réponse, il a tourné les talons en disant que de toute manière, vous étiez occupé, que vous le seriez certainement jusqu'à tard ce soir, et que vous aviez instamment demandé que l'on ne vous dérange sous aucun prétexte.

Je vous ai envoyé un texto pour dire que j'étais là, auquel vous n'avez pas répondu, de même que vous ne répondez depuis quelque temps ni à mes mails, ni à mes appels téléphoniques. Je ne peux pas dire que j'ai été surprise, mais je suis inquiète, mon cœur. Un mot de vous, pour que je ne sois pas – ou que je sois – à mon tour dévastée.

Que dois-je en conclure ? Si vous avez quelque chose à me dire, dites-le !

Candice-qui-vous-aime

----

21 avril 10 h 25
De : Mark@studiomarkandco.com
À : Emma@artproject.com
Objet : Je vous aime !

Emma,

Les choses se sont un peu précipitées ces derniers temps. J'ai redit à votre mère que je souhaitais prendre soin de vous lorsque vous sortirez... Votre médecin m'a confirmé qu'ils vous lâchaient après-demain.

Alors voilà : je n'ai pas osé vous le dire en face, parce que votre état – l'état dans lequel vous vous êtes mise, et je ne puis douter que c'était pour... enfin à cause de moi –, votre état me bouleverse et j'ai peur de dire des choses qui risqueraient de vous fragiliser. Bon, et j'ai peur de me prendre un vent, aussi.

Emma, voudriez-vous, en sortant de cet hôpital, venir vous installer à la maison ? Comme avant. Enfin non, pas comme avant. Il n'y aura plus aucune autre femme.

C'est vous que j'aime, ma chérie. En vous voyant passer si près de la mort, j'ai réalisé à quel point je tenais à vous... c'est toujours comme ça, hein ? C'est en étant à deux doigts de perdre l'être que l'on aime le plus au monde qu'on prend conscience qu'il est celui qu'on aime le plus au monde. L'humain est vraiment tordu !

Alors ?

Mark

PS : Juste une question qui me turlupine : comment vous êtes-vous procuré tous ces médicaments que vous avez avalés ?

- -

21 avril 10 h 28
De : Emma@artproject.com
À : Mark@studiomarkandco.com
Objet : Moi aussi !

Oui ! Bien sûr que oui ! Au risque de paraître fleur bleue, midinette, gamine de quinze ans, c'est ce que j'espérais de tout mon cœur !

Je t'aime, Mark, je suis folle de bonheur de m'installer chez toi. À deux conditions, cependant : 1, tu me laisses le côté du lit près de la fenêtre et 2, on se tutoie !

PS : Pour les médicaments, j'avais promis à Candice de ne jamais le dire à personne, mais... c'est elle qui me fournit, depuis toujours. Elle est pharmacienne.

- -

24 avril 10 h 20
De : Emma@artproject.com
À : Candice@pharmamax.com
Objet : Retour à la maison

Candice,

Je vais te dire des choses qui ne vont pas te plaire, mais il me paraît important que tu les saches.

1, je suis sortie de l'hôpital ce matin et Mark m'a convaincue de me réinstaller chez lui. Comme ça, a-t-il dit, je pourrai prendre soin de toi. Il a un peu buté sur le « toi », parce que je lui ai fait promettre de me tutoyer maintenant. C'était bizarre, cette situation où il me disait vous et où je lui disais tu... parfois on avait l'impression que je m'adressais à un domestique. Ou, pire, que lui s'adressait à sa mère. Il m'a aussi promis le côté du lit près de la fenêtre.

2, j'ai trahi notre secret... sans le vouloir, en fait, je n'ai pas fait exprès, hein, mais lorsqu'il m'a demandé *qui* m'avait donné ces foutus médicaments qui ont failli me tuer, j'ai dit que c'était toi. J'étais bien obligée de lui répondre, non ? Mais rassure-toi, je ne l'ai pas dit à ma mère.

Et 3, je ne te donne pas l'adresse parce qu'il vaudrait mieux que tu ne viennes pas me voir pour l'instant. Pas chez lui en tout cas. Lorsqu'il a appris que c'était toi, pour les médicaments, et que tu étais pharmacienne, il est entré dans une rage folle. Je te jure. Ses yeux se sont plissés comme des meurtrières, il a serré les poings jusqu'à ce que ses doigts blanchissent, j'ai dû les lui ouvrir un par un. Il n'arrêtait pas de haleter, enfin c'est ce que j'ai pris pour des halètements au début, mais c'était en fait ton prénom qu'il proférait comme une menace. Je n'ai pas vraiment compris sa réaction, pour tout te dire elle m'a même fait un peu peur, d'autant qu'il ne te connaît pas puisque je ne vous ai jamais présentés. Mais, je suis désolée de te dire ça, il te déteste d'emblée : « Cette salope, quand je pense que c'est elle qui a failli te tuer ! » il a dit. Ça m'a paru un peu excessif, mais bon. C'est au moins la preuve qu'il tient vraiment à moi...

Désolée,

Emma

PS : J'aurais pu te mentir en te disant que j'allais chez lui pour ne pas me coltiner ma mère, qui n'aurait pas manqué de se proposer – et même s'imposer – pour faire la garde-malade à la maison. Mais d'abord, je ne suis plus malade, et ça fait plus d'un mois que je me paie sa tronche de vieille pomme fardée matin, midi et soir, moi qui ne la voyais jamais. Il y a carrément overdose, là. Je crois que j'ai donné pour le restant de mes jours ! Et puis je te devais la vérité. Mark est l'homme de ma vie et je crois que c'est réciproque, alors on va se donner une deuxième chance. La bonne, cette fois.

24 avril 10 h 45
De : Emma@artproject.com
À : Candice@pharmamax.com
Objet : Précision

Ah ! Et la raison pour laquelle je ne voulais plus entendre parler de ma mère, et que je ne lui ai pas adressé la parole pendant plus de dix ans, c'est qu'elle m'a piqué mon premier mec et qu'elle l'a épousé. Avant de se faire larguer pour une plus jeune, mais ça, c'était couru d'avance. Je t'avais promis de te le dire, un jour...

---

25 avril 10 h 10
De : Candice@pharmamax.com
À : Emma@artproject.com
Objet : Juste un café

Comment dois-je le prendre ? Moi qui ai toujours été là pour toi, qui t'ai soutenue, qui ai pris des risques professionnels dont tu n'as même pas idée pour te fournir tes médicaments sans lesquels tu n'aurais jamais tenu le coup... et jamais été en mesure de le retrouver, ton *Mark...* Et maintenant que tout a l'air de rentrer dans l'ordre, Madame me jette comme un vieux chien. En trahissant notre secret, en plus ? Et tu me dis ça comme ça, comme si ce n'était pas grave, comme si tu n'en avais rien à faire ?

Et tout ça à cause de ce *type,* une fois de plus. Il décide qu'il me déteste et que tu ne dois plus me voir, et tu ne me vois plus. Moi, ta meilleure amie. Tu lui obéis ? Mais tu es de nouveau complètement sous sa coupe, ma pauvre fille. Ouvre les yeux ! À quoi ça sert d'avoir fait tout ça pour en arriver de nouveau à la case départ ? Prenons un café en bas de ton appartement, si vraiment je suis une paria et que tu ne souhaites pas me faire rentrer. Il doit bien y avoir un Starbucks dans le coin, non ? Il faut que je te parle, ma vieille. Tu ne peux pas recommencer à te laisser faire, comme ça.

Et puis je t'apporterai un tonifiant et une petite tisane pour te purger le foie. Je t'ai trouvée un peu jaune...

Ciao !

C

---

25 avril 11 h 35
De : Emma@artproject.com
À : Candice@pharmamax.com
Objet : Laisse-moi...

Non. Écoute, ce n'est pas le moment, et puis je suis fatiguée. Laissons passer un peu de temps, laisse-moi reprendre mes... euh... marques (très drôle, le jeu de mot, je reprends du poil de la bête à vue d'œil, moi !). On se verra un peu plus tard.

À bientôt,

Ton amie Emma

---

25 avril 11 h 35
De : Candice@pharmamax.com
À : Emma@artproject.com
Objet : Moi je m'en fous, c'est pour ton bien !

Tu devrais quand même, au moins, prendre quelque chose. Passe à la pharmacie, je te prépare un paquet. Si tu ne veux pas me voir. Mais tu ne peux pas rester toute jaune comme ça... Je dis ça pour toi, ma vieille !

---

25 avril 11 h 45
De : Emma@artproject.com
À : Candice@pharmamax.com
Objet : Non

Oui, ben arrête de dire des choses pour moi. Je suis grande, maintenant.

À bientôt,

E

---

28 avril 13 h 15
De : M@studiomarkandco.com
À : Candice@pharmamax.com
Objet : Question

Candice, dites-moi... connaissez-vous une certaine Emma Lewinson ?

Mark

3 mai 10 h 20
De : Candice@pharmamax.com
À : M@studiomarkandco.com
Projet de mail 1

Emma... comment dites-vous... Lewinson, c'est ça ? Ah non, pas du tout, je ne la connais pas. Je ne vois absolument pas de qui vous voulez parler. Pourquoi ? C'est une amie à vous ?

----

4 mai 15 h 10
De : Candice@pharmamax.com
À : M@studiomarkandco.com
Projet de mail 2

Dites donc, mon cœur ! Non seulement vous me lourdez (enfin, c'est ce que je déduis de votre disparition et de vos silences répétés), mais vous ne voudriez pas en plus

259

que je vous dresse un CV de votre nouvelle conquête. En-
fin, j'imagine que c'est ça, non ? Sinon, vous ne me de-
manderiez pas si je connais une certaine Emma...
comment, déjà ? C'est moche, comme prénom...

Ben non, pas de chance. Je ne la connais pas.

---

5 mai 10 h 50
De : Candice@pharmamax.com
À : M@studiomarkandco.com
Projet de mail 3

Bien sûr que je connais Emma Lewinson. C'est une de
mes clientes. Une fille complètement névrosée, qui tient
une galerie d'art contemporain assez moche pas très loin
de la pharmacie. Je dois être sur son chemin, parce
qu'elle passe souvent le matin et le soir en rentrant chez
elle. Toujours avec un homme différent, tiens. Je me fai-
sais la réflexion l'autre jour. Elle s'était dégoté un black
sculptural, genre joueur de basket ou demi de mêlée. Je
me demande comment elle fait, parce que physiquement,
on ne peut pas dire que ce soit une bombe.

En tout cas, ce que je sais, c'est que rayon médica-
ments, elle consomme, la fille. Son truc, c'est Lexomil et
Prozac. Elle a dû augmenter les doses ces derniers
temps, parce qu'elle venait de plus en plus souvent cher-
cher ses boîtes. Moi, je n'y ai pas fait attention. C'est la
laborantine qui l'a remarqué. « Dites donc, miss Lewin-
son, elle ne serait pas en train de nous couver une petite

déprime ? elle a dit. Parce que cette semaine, elle est déjà passée trois fois, et la dernière fois, elle m'a demandé deux boîtes de chaque en disant qu'elle partait en voyage. »

Assez perspicace, la fille. Quand on sait ce qui s'est passé.

Parce que vous savez ce qui s'est passé, n'est-ce pas ? C'est bien de la même Emma Lewinson qu'il s'agit ? On dit qu'elle vient de passer quelques semaines au Mount Sinai Hospital... elle a tenté de se suicider. En avalant des trucs... Bon. Ce qui me rassure, c'est que ce n'est pas de notre faute, hein. La faute de la pharmacie, je veux dire. La laborantine a refusé de lui donner ses cachets, la dernière fois. En lui recommandant d'aller consulter.

Elle a dû aller les acheter ailleurs...

On se voit un de ces jours ? Vous me manquez, mon cœur.

C

- 🖨 🗑

5 mai 12 h 00
De : M@studiomarkandco.com
À : Candice@pharmamax.com
Objet : Je sais tout !

Candice,

Je sais tout. Enfin je vois clair dans votre petit jeu. Vous êtes immonde. Une créature abjecte. Je vous interdis d'approcher

Emma. Sinon, je vous dénonce à la police. Ce n'est pas joli-joli, ce que vous fricotez dans votre officine. Je ne doute pas qu'ils trouveront matière à vous coffrer.

```
5 mai 17 h 10
De : Mark@studiomarkandco.com
À : Emma@artproject.com
Objet : DANGER
```

Ma douce,

Vous... tu ne dois plus jamais te mettre en relation avec cette fille, Candice McGregor. Ni la laisser t'approcher. Il en va de ta vie. Elle est extrêmement dangereuse. Ce que je viens d'apprendre... Je vous... te raconterai plus tard. En attendant, je contacte la police pour vous... te mettre en sécurité. Il s'est passé quelque chose de très grave.

À tout à l'heure, mon amour. Je vous... t'emmène fêter ton rétablissement à l'Atelier ! On boira des margaritas en attendant notre table. Et je vous... te raconterai tout ce soir !

Un M amoureux comme jamais !

PS : Mais prenez... prends garde à cette fille ! Promis ?

```
5 mai 17 h 12
De : Emma@artproject.com
À : Mark@studiomark.com
Objet : Re: DANGER
```

Promis. Elle a déjà essayé de me contacter et je l'ai envoyée balader. Elle voulait prendre un café avec moi et me donner une tisane pour me drainer le foie... Mais que se passe-t-il ? Pourquoi mêler la police à tout ça ? Candice est mon amie, quand même...

Enfin tu me raconteras tout ! À ce soir,

Ton Emma

----

6 mai 9 h 05
De : Emma@artproject.com
À : Candice@pharmamax.com
Objet : Sale pute !

Alors là, alors là... Mark a tout compris quand il a su que tu étais pharmacienne et ce qu'il m'a raconté m'a paru tellement dégueulasse que je n'en ai pas cru mes oreilles. J'ai même commencé par prendre ta défense, il s'en est fallu d'un cheveu que nous nous engueulions... par ta faute, encore !

Jusqu'à ce qu'il me le prouve, en me montrant la photo de toi en train de prendre ton petit déjeuner à moitié nue dans sa cuisine ! Alors comme ça, espèce de salope qui se prétendait ma meilleure amie, c'est toi la raclure qui m'a piqué mon mec à son insu ??? Tu savais tout, évidemment, je te disais tout...

Jalouse que je trouve l'homme idéal, toi qui n'as jamais réussi à faire durer une relation plus de quelques semaines (et, tiens, celle-là pas plus que les autres, hein... bien fait !), tu te débrouilles pour que je te parraine dans la salle de sport... c'est là que vous vous êtes rencontrés, c'est ça ? Ou plutôt, que tu l'as harponné ! Sachant très bien que c'était Mark.

Salope ! Très judicieux, ton histoire de Mister X, célèbre et maqué. J'ai failli gober, *j'ai* gobé... Et tu me racontes tout, en plus ! J'imagine que tu as dû te marrer en suivant la destruction de mon histoire avec Mark au fur et à mesure que la vôtre se construisait. Et tes conseils... quand je pense que j'ai envoyé cette lettre que tu as écrite, qui te laissait le champ libre ! Tu as tout fait pour que ça foire entre Mark et moi, tes conseils n'étaient, je m'en rends compte maintenant, que dans le but de nous éloigner ! Forcément, tu voulais la place... Et c'est *toi* qui as eu la bague Harry Winston ! Salope !

Et pour couronner le tout, tu me refiles des médocs... et ta tisane de merde qui me rendait dingue tellement elle me faisait mal à la tête ! « C'est normal, tu disais. C'est le principe actif qui fait effet. » Tu parles ! Tu as voulu me tuer, c'est ça. Te débarrasser de moi, hein ?

Sale pute !

Mark voudrait que je porte plainte, il est fou de rage, je te signale. Il a l'impression d'avoir été utilisé. Toi qui connais si bien les hommes, tu dois savoir qu'ils n'aiment pas ça, se sentir manipulés. Enfin, tu as de la chance, je n'ai même pas envie de dépenser de l'énergie en poursuites et autres démarches juridiques. Je m'en fous, de toi. Tu sors de ma vie, je ne veux plus jamais ni te voir, ni entendre parler de toi. Et tu peux me croire, je m'y tiendrai... je l'ai bien fait avec ma mère. Tu dégages ! Compris ?

Sale p... !

----

7 mai 22 h 30
De : Candice@pharmamax.com
À : Emma@artproject.com
Objet : !!!!

ET ÇA NE TE VIENT MÊME PAS À L'IDÉE QUE J'AI PU TOMBER AMOUREUSE ????

----

8 mai 8 h 15
De : Emma@artproject.com
À : Annette-blewinson@hotmail.com
Objet : DANGER

Annette,

Pardon de ne pas pouvoir t'appeler « Maman », tu sais pourquoi. Je te suis reconnaissante d'avoir été là, tu as un peu repris auprès de moi ta place de mère, mais... je ne peux pas, pas encore, peut-être y arriverai-je plus tard, si nous parvenons à reconstruire une relation sur des bases saines. Je ne peux pas oublier, Annette, et pourtant, j'ai réalisé à quel point j'avais besoin de toi.

Ne rentre plus jamais en contact avec Candice, et si elle essaie de te joindre, ne la laisse pas t'approcher. Ne réponds pas à ses mails, ne la vois pas... rien. Surtout. Cette fille est TRÈS dangereuse, Annette. C'est une criminelle. C'était ma meilleure amie, je lui disais tout, et c'est grâce à ce que je lui disais qu'elle a eu toutes les cartes en main pour me piquer mon mec. Mark. Et elle a bien failli y arriver. Quand il me trompait, c'était avec elle. Quand il est parti, c'était pour s'installer avec elle. Elle nous a complètement manipulés. Et elle a essayé de me tuer. C'est elle qui me donnait les médicaments avec lesquels j'ai voulu me foutre en l'air. Et ses tisanes... Je crois qu'elle a cherché à m'empoisonner avec ses tisanes. C'est pour ça que j'avais mal à la tête et que je n'allais pas bien.

Mark veut prévenir la police, il veut que je porte plainte... Je ne sais pas. C'est lourd, aussi, de ressasser le passé. Envie de passer à autre chose.

Mais toi, surtout, jure-moi de ne jamais, jamais avoir le moindre contact avec cette sale p...

Je t'embrasse,

E

PS : Tu sais... si je n'avais pas essayé de me tuer, je crois bien qu'elle y serait parvenue. Bizarrement, c'est mon geste qui m'a sauvée...

---

8 mai 9 h 20
De : Annette-blewinson@hotmail.com
À : Emma@artproject.com
Objet : Une histoire de fous !

Ma chérie,

Je suis suffoquée par la nouvelle. Je te l'ai toujours dit : je ne la sentais pas, cette fille. Mon instinct de mère... Tu vois qu'il en reste quelque chose.

PS : Mark a raison, tu dois absolument porter plainte. Cette fille est une criminelle.

8 mai 9 h 25
De : Emma@artproject.com
À : Annette-blewinson@hotmail.com
Objet : Re : Une histoire de fous !

Là où elle est très forte, c'est qu'il n'y a pas de preuves... La seule chose tangible, c'est qu'elle a séduit Mark. Mais pour les médicaments... oui, bon, elle m'a donné des boîtes sans ordonnance, mais ça ne va pas plus loin...

8 mai 9 h 32
De : Annette-blewinson@hotmail.com
À : Emma@artproject.com
Objet : Tisanes

Mais les tisanes...

8 mai 9 h 25
De : Emma@artproject.com
À : Annette-blewinson@hotmail.com
Objet : Poubelle

Je ne les ai plus. J'avais tout jeté avant de... « partir »...

8 mai 23 h 25
De : Candice@pharmamax.com
À : M@studiomarkandco.com
Objet : Pardon

Je suis désolée. Je... Je voulais que vous sachiez que je vous ai vraiment aimé.

9 mai 00 h 20
De : Candice@pharmamax.com
À : M@studiomarkandco.com
Objet : Pardon

Je suis désolée !

---

10 mai 16 h 50
De : Candice@pharmamax.com
À : M@studiomarkandco.com
Objet : Pardon

Mark ! Je... je ne sais pas quoi faire, je ne dors plus, je pense à vous sans cesse... je vous aime...

---

11 mai 23 h 12
De : Candice@pharmamax.com
À : M@studiomarkandco.com
Objet : Pardon

Répondez-moi !

---

12 mai 13 h 20
De : Candice@pharmamax.com
À : M@studiomarkandco.com
Objet : Pardon

Moi aussi, je veux mourir...

---

12 mai 13 h 25
De : M@studiomarkandco.com
À : Candice@pharmamax.com
Objet : Ça suffit !

Candice, stop ! Vous arrêtez ce harcèlement, ce chantage... et vous disparaissez. Vous avez fait assez de mal comme cela. Si vous continuez à m'envoyer des mails et à laisser des messages et des textos sur mon portable, je vous jure que je porte plainte. Non seulement pour vos activités d'apprentie sorcière que vous pratiquez dans l'arrière-salle de votre officine (pas apprentie du tout, d'ailleurs, il me semble que vous avez **gagné** votre diplôme haut la main), mais aussi pour harcèlement. Ça marche très bien, le harcèlement, par les temps qui courent. La police y est très sensible. Ils n'aiment pas du tout.

Alors vous disparaissez. Et pour de bon. Maintenant ça suffit.

M

PS : Et si vous voulez mourir, ne vous gênez pas. Vous savez certainement comment faire. En ce qui me concerne, je n'y vois aucun inconvénient.

---

15 mai

Extrait du journal quotidien *The New York Times*

« *C'est au tour de Candice McGregor, une pharmacienne trentenaire apparemment sans histoire, d'être attaquée à la sortie de son officine par une femme âgée armée d'un parapluie à bout pointu. " Depuis le temps que je voulais me la faire, celle-là ", aurait déclaré l'attaquante avant de se volatiliser. La victime a fait part de son intention de ne pas porter plainte.* »

---

15 mai 21 h 10
De : Mark@studiomarkandco.com
À : Annette-blewinson@hotmail.com
Objet : Le coup du parapluie

Dommage que vous l'ayez ratée. Il fallait taper plus fort !

15 mai 10 h 35
De : Emma@artproject.com
À : Candice@pharmamax.com
Objet : Vernissage

Candice,

Je vais te dire un truc qui va te surprendre, comme ça
m'a surpris moi-même, d'ailleurs : j'étais émue de te
voir hier à l'inauguration de ma nouvelle galerie, dans
Greenwich. Ian a été très fort, dans la négo. Il a même
réussi à faire en sorte que le garçon qui l'avait montée,
et à qui nous l'avons achetée, reste pour s'en occuper à
mi-temps. À mon avis, ces deux-là ont dû se trouver des
centres d'intérêt communs, si tu vois ce que je veux dire.
Enfin, j'étais touchée que tu n'aies pas oublié... Je t'ai
vue me regarder à plusieurs reprises, hésiter à venir me

dire bonjour... je t'ai vue faire quelques pas dans ma direction, un geste, approcher.

Puis te figer sur place et retourner dans ton coin. Et je me suis dit, c'est idiot tout ça, finalement personne n'est mort et je suis avec Mark et je suis heureuse... et cette fille qui a été mon amie pendant plus de quinze ans me manque ! Alors j'ai voulu aller te dire bonjour, je t'ai cherchée, mais tu avais disparu.

Mark aussi t'a aperçue. Lorsque je lui ai dit que j'aimerais te revoir, il a d'abord refusé net. Il est encore furieux, tu sais. Ce que tu lui as fait à lui, en tant qu'homme, la manière dont il s'est senti manipulé... ça non plus, il ne l'oubliera jamais. Mais j'ai insisté, parce que... je ne sais pas. Finalement, il s'est laissé convaincre. À une condition : c'est qu'il soit toujours présent. Que nous soyons tous les trois. Que je ne sois jamais, jamais seule avec toi. Ça, il ne le permettra pas. Alors, si tu veux venir dîner à la maison lundi prochain... Tu verras, il m'a offert un petit chien !

- -

16 mai 8 h 50
De : Candice@pharmamax.com
À : Emma@artproject.com
Objet : Dîner

Écoute, c'est vrai, j'étais là l'autre jour, je ne sais pas pourquoi je suis venue, si c'était pour te voir, ou le voir, *lui...* non, je déconne. Tu sais, je n'ai pas cessé de penser à cette histoire, et j'ai honte... d'autant que ce n'était pas la première fois que je faisais ça, piquer le mec d'une copine. C'était comme un jeu, tu vois. Un défi, comme on dit dans les jeux vidéo. Sauf qu'avec Mark, je me suis fait avoir : je suis tombée amoureuse. Tu n'es pas obligée de me croire, mais c'est la vérité. Et je t'ai perdue, toi. Mon amie. Et je me suis aperçue que perdre sa meilleure amie, c'était pire que de se faire larguer par un mec.

Enfin maintenant, c'est fini. J'ai aperçu Mark au vernissage et ça ne m'a rien fait. J'avais besoin de vérifier ça, aussi. Je ne voulais pas te le dire, histoire de ne pas rouvrir une vieille blessure, mais... je n'ai plus envie de te mentir. En revanche, toi... j'ai très, très envie de te revoir.

C'est très gênant d'accepter ton invitation à dîner, comme ça, cash. On aurait pu prendre un verre, un café, avant. Faire les choses en douceur. Ou même un déjeuner, ou un petit déjeuner. Avec du vrai chocolat chaud et des croissants de chez Paul. Non, je plaisante. Mais un dîner... D'un autre côté, lorsqu'il s'agit de recoller les morceaux, il faut bien commencer quelque part, non ?

Serai là lundi avec plaisir, bien sûr... Et j'apporte une bonne bouteille pour fêter nos retrouvailles !

Candice (ressuscitée)

----

17 mai 12 h 05
De : Emma@artproject.com
À : Candice@pharmamax.com
Objet : Petite précision entre amis

Mais on est bien d'accord : Mark, pas touche, hein ? Plus jamais touche, c'est clair ? On n'est pas là pour réécrire l'histoire, hein ? On est là pour l'oublier. La seule chose dont on a le droit de se souvenir, c'est que nous avons été amies.

---

17 mai 12 h 06
De : Candice@pharmamax.com
À : Emma@artproject.com
Objet : Re : Petite précision entre amis

Évidemment... grande folle, va !

---

20 mai 09 h 55
De : Candice@pharmamax.com
À : Emma@artproject.com
Objet : Merci !

Juste un petit mail rapide (je dois préparer la crème de jour d'une de mes vieilles et elle a fait appeler par son chauffeur pour dire qu'elle arrivait dans trente minutes), pour te remercier du dîner d'hier soir. C'était top ! J'avais oublié tes talents de cuisinière, ma vieille ! Le ceviche était à mourir, et tes canards aux airelles une vraie merveille. C'est une très bonne idée de mettre des morceaux de pêche avec les volailles, surtout quand c'est la saison, comme en ce moment. Et le crumble rhubarbe-framboise... hmmm... C'était toi, ou c'était Mark qui s'était mis aux fourneaux ?

Dommage qu'il ait fait tomber la bouteille de vin que j'avais apportée ! Un margaux 90 !

Enfin, il n'a pas été perdu pour tout le monde, apparemment. Je ne savais pas que les chiens aimaient le bordeaux au point de le laper jusqu'à la dernière goutte sur un carrelage de cuisine ! Il est très mignon, d'ailleurs. C'est quoi, comme race ? Un King Charles ou un cocker lemon ? J'adore les King Charles. J'en ai eu un, quand j'étais petite. C'était une chienne. Elle s'appelait Nefertiti. Mais peut-être que tu l'as connue, d'ailleurs. Tu te souviens de Nefertiti ? Elle piquait toutes les chaussures qui traînaient dans la maison et allait les enterrer dans le jardin. C'est marrant que je pense à elle maintenant.

Bon, je te laisse, ma cocotte. On recommencera. Il doit me rester quelques bouteilles. Et cette fois-ci, je les déboucherai moi-même. Comme ça, le vin ne finira pas par terre...

Je t'embrasse fort,

Ta Candice

---

20 mai 10 h
De : Emma@artproject.com
À : Candice@pharmamax.com
Objet : Ni fleurs ni couronnes

Tu ne sais pas, pour le chien, le King Charles... il est mort ce matin.

Dans la collection
Girls in the city
chez Marabout :

Photocomposition Nord Compo

IMPRIMÉ EN FRANCE PAR BRODARD ET TAUPIN
47352 - Usine de La Flèche (Sarthe), le 30-05-2008

Pour le compte des Éditions Marabout
Dépôt légal : Juin 2008
ISBN : 978-2-501-05741-7
40 45761
Édition 01